少年
しょうねん

[日] 川端康成 著
朱亚云 译

中信出版集团│北京

图书在版编目（CIP）数据

少年 /（日）川端康成著；朱亚云译 . -- 北京：中信出版社，2025.3. -- ISBN 978-7-5217-7185-5

I. I313.45

中国国家版本馆 CIP 数据核字第 2024V06B56 号

Simplified Chinese translation copyright © 2025 by CITIC Press Corporation
ALL RIGHTS RESERVED
本书仅限中国大陆地区发行销售

少年
著者： ［日］川端康成
译者： 朱亚云
出版发行：中信出版集团股份有限公司
（北京市朝阳区东三环北路 27 号嘉铭中心　邮编　100020）
承印者： 嘉业印刷（天津）有限公司

开本：787mm×1092mm 1/32　　印张：5.5　　字数：80 千字
版次：2025 年 3 月第 1 版　　印次：2025 年 3 月第 1 次印刷
书号：ISBN 978-7-5217-7185-5
定价：42.00 元

版权所有·侵权必究
如有印刷、装订问题，本公司负责调换。
服务热线：400-600-8099
投稿邮箱：author@citicpub.com

一

今年正值我步入半百[1]之际，觉得应纪念一番，特此决定刊行作品全集。如四十岁、五十岁这般，以"十年"为界将人生区隔成段，是一种权宜之计，也是一种感伤之举，又半是人类懈怠的积习使然，因而我不愿视之为精神的真相。但若不借助这种故习的波澜顺势而动，似乎很难一鼓作气在生前便将全集付梓问世。

五十岁这个年龄的本质与感受应该是怎样的呢？想必无论是谁，都很难正确把握。然而恐怕它又确实存在，且五十岁之人肯定都会对此有一些思考。世人各不相同，

---

[1] 本书中的年龄均为虚岁。

故而每个人五十岁时的本质与感受会有差异，但从时光流逝的长河来看，又可以说每个五十岁的人应该别无二致。

认为人应该别无二致，这宛然是一种救赎。

无论如何，我对所谓的自己的年龄，未曾用心深入揣摩过。莫不是内心没有发现思考的必然？或是没有遇到思考的动机？抑或自己缺乏思考的智慧？

莫如说孩提时代的自己反而似乎更勤于思考这样的事。我少年时代的一个悲哀便是对夭殇的恐惧。父母的英年早逝如梦魇缠身。知天命之年的我已比父母在世间多活了十年。父母究竟是多少岁撒手人寰的，我脑海里一片模糊……

我想自己能活到五十岁，真是一路硬撑过来的。我这样一个在母亲怀胎不足七月就出生，在祖父祖母百般呵护下长大的异常羸弱的早产儿，能够活上五十年之久，单凭这点就不得不说是望外之福。

年届半百的我也痛感自己身边尸骨累累。文坛知己故交陆续离世。他们曾都是比我健壮的人。正因我目睹过太多死亡，那种但凡活在世上，终将喜逢幸事的想法反而越发强烈。相见难，不别不离更难，但如果生命久长，终会有与在世之人邂逅的一天。

二十三岁时，我的作品首次出版，历经二十五年有余的作家生涯，我于五十岁出版全集，在世事甚是变幻无常的当今，也应视为不可思议之大幸。

还是小学生时，祖父向我讲述狩野元信[1]等人的事迹，并希望我成为画家，我原先也有此意，但到了中学[2]二三年级，便擅自对祖父说自己想当小说家。记得祖父说"那也好"，便容许了我的选择，因此不论如何，仅就从一而终、心无旁骛这点而言，可以说我不曾负本心，人生亦未负我。至于自己是否生于天赋能得以施展的时代，即是否应时而生，那就很难说了……

近期我日渐染上从一生起伏中看一个人、从历史潮流中看今朝的习性，说到底这是年纪大了的缘故吧。或许与经历过那样的战争也脱不了干系。日濡月染，我不时也拿

---

1 狩野元信（1476—1559），日本室町时代后期的画家，为日本绘画史上最大的流派之一"狩野派"的始祖狩野正信之子。他将中国画法与日本绘画技法融合，作品影响深远。
2 当时的中学为五年制。

少年

出蕴含着过去与未来的漫长的时间之尺来衡量现在。

某次,我曾说发生在人类身上的事归根到底都没什么大不了的,一闻此言,有位年轻女子震惊不已,她的反应亦让我大吃一惊。但若以长远一点的眼光来看人生、看历史,况且经过那样的战争之后,对人间的不幸遭遇和悲惨命运之类的看法一定会大有改变。你会不得不感叹一个人出生的时代也是主宰其命运的翻云覆雨之手。

我以小说家身份来安身立命。就拿小说为例,一般以《源氏物语》[1]为发轫,然后便直接跳跃到西鹤[2]。生于镰仓和室町时代的众人只能无可奈何。镰仓与室町时人就品格或天分而言,并不一定逊色于紫式部或西鹤。与紫式部同在宫廷用汉文书写的众男子未必就比紫式部肤浅。并不能一言蔽之,说与西鹤所处时代相近的作家,他们的才情不及西鹤。

战时,空袭越演越烈,我在灯火管制中的晦暗夜色下,在横须贺线凄凄惨惨的乘客之中,捧读《源氏物语湖

---

[1] 日本女作家紫式部以假名书写的长篇小说,约于11世纪初成书。
[2] 井原西鹤(1642—1693),日本江户时代作家与俳人,代表作为《好色一代男》《好色一代女》,独创"浮世草子"文学体裁。

月抄》[1]。和纸线装书上是木版印刷的大而优美的假名，适合彼时的灯火，慰藉彼时的神经。我常常一边读，一边想起颠沛流离的吉野朝[2]众人与饱受战乱的室町时人潜心阅读《源氏物语》的场面。警报声响起，出门巡视时，小小山谷中不见一盏灯火，秋冬月光清冷地洒满四周，这样的夜晚，刚合上卷的《源氏物语》在心头萦绕不散。同时，昔日在逆境中阅读《源氏物语》的古人身影铭刻于我心，不由涌起要与传至吾身的传统风雨同舟、共同延续的壮志。

承久之乱[3]中的顺德天皇甚至将《源氏物语》视为"妙不可言、前无古人"之奇书，"诸艺诸道尽收于此作"。编

---

1 北村季吟在江户时期对《源氏物语》进行注释所作的书。全书通过旁注与眉批的形式，汇聚镰仓和室町时代前贤的相关注释，并融入了新的视角。后人将《源氏物语湖月抄》之前的注释本统称为"旧注"。
2 1336年至1392年，日本皇室分裂为南北两个朝廷。后醍醐天皇将朝廷迁至京都南方的奈良吉野，因此被称为吉野朝，与以京都为核心的北朝并立对峙。
3 日本皇室与镰仓幕府间发生的武力冲突事件。承久三年（1221年），后鸟羽上皇起兵讨伐镰仓幕府执权者北条义时。兵败后，后鸟羽上皇因谋反罪名被流放至隐岐，其子顺德天皇亦被流放。

少年

撰"河内本"[1]的源光行在承久之乱时因忠于京都朝廷一方,险些被幕府政权处以极刑。比源光行年长一岁且编修"青表纸本"[2]的藤原定家恐怕也难逃此乱的波及。

吉野朝的后醍醐天皇、新待贤门院,以及后村上天皇诸人对《源氏物语》的研究,更有长庆天皇注释的"仙源抄"[3],以及流离失所的南朝诸君臣于《源氏物语》里阅读到的吉野周边之山河,在月光下仿佛一一浮现在我眼前。

应仁之乱[4]时,宗祇[5]及其门派的连歌师在旅途中也与《源氏物语》为伴。我脑海中还勾描出三条西实隆[6]誊写《源氏物语》,沿东海道与山阳道远行而下的画面。我曾想把三条西实隆的这段《源氏物语》之旅写成小说,憾然

---

1 镰仓初期学者源光行与其子源亲行共同编辑校订的《源氏物语》抄本,因父子二人皆曾担任河内守一职而得名。
2 镰仓时代歌人藤原定家修订的《源氏物语》抄本,因其封面为青色,故得此名。
3 1381年由长庆天皇所撰的《源氏物语》注释本。该本说明事项以假名发音为序,为辞典形式的注解书。
4 1467年至1477年,室町幕府第八代将军足利义政在任时发生的内乱。始于京都,战火几乎遍及日本全土,此次战乱导致幕府将军势力受挫,日本进入长达百年的战国时代。
5 宗祇(1421—1502),室町时代著名连歌师,曾漫游日本全国各地。
6 三条西实隆(1455—1537),室町时代的公卿与学者。曾作《源氏物语》抄本及注释书《源氏物语细流抄》。

未果。可谓东山时代[1]象征的英姿勃发的少年将军足利义尚[2]让我分外爱怜，或许也是当时正逢战败的缘故。室町时代后半期诸将军惨遭命运摆布的记录也让我读得心醉神迷。

我生于明治三十二年，昭和二十三年步入人生的五十岁大关。从《源氏物语》跃至西鹤，从西鹤又跃至某人，那人是否与我生于同一时代？我尚不知晓。

---

1 应仁之乱以降，室町时代中期的艺术可谓百花齐放。足利义政以京都的东山山庄为中心，融合武家、公家与禅僧而生的东山文化，在茶道、庭园、建筑等领域对日本文化产生巨大影响。
2 足利义尚（1465—1489），足利义政之子，室町幕府第九代将军。

二

因为作者在世时出的全集,通常由其亲自编辑,我几乎把二十五年间的旧稿全部过目一遍。通读自己全部作品的机会以前从未出现过。若非迫不得已,自己的作品并不值得重读。当自己写的东西刊登在杂志上时,我不会立刻趁热去读。若没有半年或一年时间的沉淀让它们变得柔软、模糊,我一边读一边就会想起写作之时的痛苦,一切依旧鲜明,历历在目。

然而时至今日,我逐渐也会伺机拿出漫长时间的尺度来看人生,把旧稿合在一起重温一遍,心头也涌起始料未及的感怀。我记忆力差,追忆乏力,但这次不同寻常,记忆不断泛起涟漪,回忆越来越深,真是颇为难得的体验。

这次我不仅搜集了以作家的身份在世间公开出版的作品，也试着祭出成名之前所写的东西。主要是中学时代的日记一类，还有很多是中学时代学写的小说之类。不过在大正二年和三年，即我十五岁到十六岁的春天，我在中学二年级的作文簿里，抄录了在明治四十五年，也就是自己十四岁，上小学六年级时完成的两篇习作，这好像是最早的作品。

《箕面山》与《秋虫》的题目上方，记有"获得甲上"这样的字眼。但毕竟是四十年前我读乡村小学时的习作，平庸且稚嫩的文言体当然毫无可取之处。尽管如此，仍能一直保存至今，连自己都颇感意外。

我还发现一个笔记本，上面记有我帮助失明的祖父与不识字的雇佣婆婆代写信件的草稿。祖父在贺年信上写道：

"匆匆流年，老拙已年届七十有五，尚聊以卒岁。"

从所述内容来推断，可知应是我十六岁之时。是年一月八日，写给我姨父的信件全文如下：

少年

记

一笔四十六元整，这是一月与二月的生活费。

又一笔为一百三十元整，

但此乃八月结账期前亏空部分。

兹欲领收上述款项。

祖父署名

姨父姓名

拜启

日前拜托之亏空部分，敬请拨款为盼。老拙手头甚是窘促。明知若领取上述款项，预存总额会随之减少，然实属无奈之举。又八月结账期以降仍月月困顿，不得已向店家赊账，故眼下此亏空又日益增长。毕竟每月仅领二十三元，需付米钱十元、薪柴等杂用、雇佣婆婆每月三元，再扣除其他闲杂人事费用，委实入不敷出，贫困潦倒。尚祈慈悲为怀，纾困解忧。此穷苦之境遇一刻不离老身。老拙自是节俭度日，每日仅以清汤拌饭。此外无以为食。康成亦每日仅以梅干配饭充饥，恐难保身体健康，故晚餐佐以菜肴。敬请一笑置之。不尽欲言。

       一月八日

      祖父署名

    姨父与账房经理姓名

又及

  老拙前日拜访府上，承蒙多方亲言暖语慰藉，似春风拂面。其后得以安心定神度日。日后复幸蒙关照，自当感激不尽。

  我亡母遗留下的钱由姨父和舅父两人共同保管，祖父和我则是依赖他们每月定期支付的生活费度日。从这封信中可知大正三年时的月额是二十三元。祖父说自己"仅以清汤拌饭"，说我"仅以梅干配饭"，似乎是为了拿到钱略微夸大其词而已。祖父与我商量后，添加了一些博人同情的话，但上面写着的也并非全是无根无据的谎言。

  祖父于当年五月二十四日夜晚溘然长逝。

  我的作品《十六岁的日记》记录了祖父弥留之际的点点滴滴，那是更早之前，从这次为了出版全集而再度挖

少年

掘出来的日记中，摘选出来的片段。关于这部《十六岁的日记》的由来，我做了如下说明：

"这些日子鲜活地保留在舅父仓库一隅的皮包里，此刻在我的记忆里复苏。该皮包曾是我那做医生的父亲行医时随身携带的。舅父最近因投机失败而破产，连房产也荡然无存。仓库转让给别人前，我去搜了一下看看是否还有自己的东西在里面，于是发现了这个上锁的皮包。用搁在一旁的旧刀割破皮革，里面塞满了我少年时代的日记。除此之外，还夹杂有这部日记。"

这里所指的舅父与前一封信中的姨父不是同一人。[1]收信的姨父家在淀川之南，而皮包所在的舅父家则是在淀川之北。

还有，其实家宅并不是舅父卖掉的，而是他去世后由表兄卖掉的。大概因为是小说，我就写成了舅父。皮包里塞满了日记这样的话，恐怕也有些许夸张。我想并没有那么多。之所以说"除此之外，还夹杂有这部日记"，

---

[1] 原文中舅父与姨父均写成"伯父"。现实生活中，川端康成母亲的遗产由姨父秋冈义一保管，而1914年祖父去世后，川端被舅父黑田秀太郎收养，并寄居于他家。

应该是因为《十六岁的日记》与其他日记本不同，是写在稿纸上的。

《十六岁的日记》原稿，在我抄录完毕并将其作为作品出版时，就已被烧毁。这次翻出来的废纸般的日记，我之前既没有重读过，也没有查找过。心想以后或许有机会再读吧，内心多少有这样的眷恋，我才会将这些无用之物保存了三十多年。全集的出版成了将其付之一炬的良机，也给了我重新过目一遍的机会。

比如说，这次我找到了《十六岁的日记》第二十二页与第二十三页的原稿，作为纪念把它誊写下来，放在全集的"后记"里，之后便立刻把原稿撕碎了。而这两页纸稿在我书写《十六岁的日记》这部作品时，不知道混到哪个故纸堆里去了。

虽说是第二十二页与第二十三页，但内容并不是一字一字填写在稿纸的方格里，而是根本不在意格子，信马由缰地随便写下去的，因此不宜以原稿张数来计算字数。但不管怎样，是写在稿纸上的。

除了《十六岁的日记》，写在原稿纸上的还有其他内容。《第一谷堂集》是大正二年与大正三年，即我十五岁和十六岁时所写的新体诗集,而《第二谷堂集》则是同时期完成的作文集。接下来便是大正五年九月十八日至大正六年一月二十二日的日记。那时我十八九岁,并于大正六年从中学毕业。其后便是以《汤岛的回忆》为题的文章,写于我二十四岁的那个夏天。我二十八岁时将其前半部分重新改写,成就了《伊豆的舞女》这部作品。后半部分写的则是中学寄宿时对同室某少年的情愫的回忆。

于是,我终于得到将这些废纸悉数烧毁的机会。

三

父亲曾以谷堂为名号在浪华的易堂进修。我的《第一谷堂集》便由此而来。此乃少年之感伤。父亲遗留下许多刻有"谷堂"字样的印章,我的《第一谷堂集》的封面与封底便盖有不同的印章。

《第一谷堂集》由六十张稿纸装订成册,共含新体诗三十二首。

名为《读书》的七五调六行诗为最早的一首,作于明治四十五年一月。在诗中我发出这样充满孩子气的抗议,"人们认为我把钱浪费在胡乱买书上,但此举实则因为我胸中满怀希望与悲哀"。此时我十四岁。

诗集的最后收录有《吊唁诗》和《迎白骨》两首诗。

少年

《吊唁诗》是首二十节的长诗。淀川之北的表姐与一位骑兵中尉结为连理,不久她在战争中离世。此乃凭怀表姐之诗。据诗中所述,表姐当时二十三岁,正身怀第二胎。此诗作于大正三年九月二十六日晚间。《迎白骨》则是描写迎接在九州火葬的表姐遗骨返回娘家的作品,书于九月三十日。当年我十六岁,祖父于五月因《十六岁的日记》里所记录的疾病辞世后,身为中学生的我孑然一身,无法独立持家,在暑假便被接到了舅父家中过起寄居生活。表姐的遗骨回归故里之后,我开始坐火车上学。

在童年的记忆中,我仰视过这位表姐的"下巴"。那皓白而丰满圆润的下巴,让我觉得她是个美女。如今回想起来,这位表姐的亲兄弟个个腮颊宽大,亡故的表姐或许亦是如此,但在我脑海里,那柔和而白皙的下巴鲜妍生动地飘浮在虚空中。她如同古代天女像般雍容丰腴,我甚至感觉还嵌了一道光环。我和这位表姐几乎没有谋面,这是如今残留在记忆里的唯一形象。

然而我的《吊唁诗》并没有咏叹她的下巴,充其量只是堆砌了概念化的感伤句。本想在此抄录《第一谷堂集》中的一两首诗作,权当博君一乐,图个纪念,奈何我的虚荣心实再不允许。我为何将这些废纸保存了三十五年之久呢？诸如此类毫无意义的过去，我想自己应该无聊地保存了很多吧。

《第一谷堂集》的诗作大多是藤村风格。若说有什么值得一读之处，无外乎就是效仿藤村风格依葫芦画瓢，有几分像模像样而已。晚翠风格的习作很少，且比藤村风格的作品拙劣。[1]

题名为《藤村诗集》的诗作占了四张稿纸。诗中写道，祖父去世之夜，我伴其枕侧，诵读《藤村诗集》[2]。为祖父守灵时也读《藤村诗集》。《藤村诗集》遂如此刻进了我的人生。寄居在亲戚家后早晚耽读《藤村诗集》，写些蹩脚的诗。我感谢《藤村诗集》，憧憬岛崎藤村的青春。

譬如《寄情诗道》这首诗是在大正三年九月十四日的书法课上所作，《藤村诗集》是九月十七日语文课时所作，《迎白骨》则写于九月三十日的几何课——在写作日期后

---

1 岛崎藤村（1872—1943），日本著名诗人、小说家。代表作《破戒》《家》。其后提及的晚翠则是日本诗人土井晚翠（1871—1952），以汉诗风格而闻名，代表作《荒城之月》。
2 此处及以下的《藤村诗集》指 1904 年由春阳堂出版的岛崎藤村的诗集。

少年

附带写上创作时所处的课堂情况,是这册《第一谷堂集》最令我的回忆增添新意之处。这些诗大部分是在课堂上写就的。有一些写于国画课或英语作文课,但似乎是语文课上写得最多。

中学时代的我,在课堂上一般趁老师不注意时偷读文学书籍,但看起来当时我也偷空写了这些新体诗。然而这些诗本身毫无价值,找不到任何从我的诗魂中诞生的句子。

四

汇集了作文的《第二谷堂集》由三十六张稿纸装订成册。这是我就读中学二年级时的文选，看上去像是给学校交差的作文草稿，更显得味如嚼蜡。以暑假作业《劝友人登山》的尺牍体开篇，《桃山御陵参拜记》作为殿后，内容大致如此。其中，夹杂了两篇小学六年级时的习作。

其中之一题为《箕面山》：

> 箕面山坐落于丰能郡箕面村，自古便是赏枫胜地，且以瀑布驰名。近年电铁可通大阪，此处又新设动物园，声名更盛。
>
> 从箕面汽车站出发，攀爬片刻，便见一湾溪流。

少年

沿溪而行十町[1]有余，抵至瀑布。水流直下十数丈，犹如水晶帘垂挂于峭壁之上，笔墨难言其壮丽景象，虽正值盛夏，肌肤尚微微生凉。山中枫树遍野，秋日山谷层林尽染，披上红色锦绣。溪谷左右为峻崖峭壁，老树根深叶茂。纵目四望，巨石峥嵘四方，蔚为壮观。溪流中亦岩石众多，清泉飞溅，水花乱舞，又复聚成潭。动物园内饲有数百种珍禽异兽，亦有数处余兴表演场所，倍添游人兴致。何不登临绝顶，俯瞰一番？遥见远方山野町村，皆如自家庭院，辽阔恢宏之气油然而生。

因而游客四时不绝，盛夏炎炎与红叶漫山之际尤甚，堪称人山人海。

文风如斯。明治四十五年，一位偏远农村的小学生写就了这样的作文。到了中学后，文风依旧未改。以《大正二年与大正三年》为题的寒假作文里，我仍然未用自己的语言写上一句关于自己的故事。

---

1 町为日本传统长度单位，一町约为109米。

大正元年十二月二十一日，取代西园寺内阁的桂内阁仅五十天后便倒阁，山本内阁继任。拥护宪政、打倒阀族的运动兴起，东京有纵火骚动事件。外务大臣因外交问题而饱受非议，阿倍局长惨遭暗杀。木村、德田两名中尉成为航空界最早的牺牲者。随之民间飞行家武石氏不幸坠机身亡。就在事发前数小时，我还在博览会上观览武石氏的飞行表演。然而吾国航空界的进步于浓尾平野举行的大演习中已一目了然。临近明治天皇驾崩一周年的忌日的七月十日，有栖川宫大将殿下薨逝。秋日，桂公亡故。十一月，德川十五代将军庆喜公逝世。大正二年天灾地祸不断。巴尔干半岛和墨西哥等地问题爆发。

我以如此笔法回首大正二年。然后还写道，大正三年本应是新天皇举行践祚大典之年。

然而四月昭宪皇太后宾天，践祚大典延期至翌年四月。

皇太后的大丧之夜，我的祖父去世。

大正三年爆发了第一次世界大战。是年也是东京站

少年

建成之年。

艺术家方面，儿玉果亭、盐井雨江、川端玉章、本居丰颖、幸堂得知、木村正辞、市川九八女、奥原晴湖、伊藤左千夫、竹本大隅太夫、中林梧竹、冈仓天心等人，皆于大正二年辞世。

《第二谷堂集》的文选中，唯有《春夜访友》一篇勉强能透露出蛛丝马迹，让我回忆起彼时的自我。

"连日为考试所累，久未晤友，今宵非得淋漓畅谈一番方才为快，遂出门。满天白云细如鱼鳞，一弯弦月高挂。"还写到我家门前白梅暗香浮动。走入乡间小道，"神社前杉树高耸于夜空，宛如神仙下凡所搭之桥"。友人家紧邻神社。屋内灯火可亲。"兄弟二人共坐堂间。兄长俯身桌前，正参照两三本范文选集，苦苦推敲'都鄙学生优劣论'。而小生在侧，翻阅芦花[1]的《青芦集》。一小时有余后，他也完成了作文。一如既往，与他父母共五人围着火盆团聚，其乐融融。纷纭话题似走马灯般游走，唯有

---

[1] 德富芦花（1868—1927），日本小说家，代表作有《不如归》等。《青芦集》于1902年出版。

这一家人的温情恒久绵长，令人愉悦。我父母双亡、手足皆无，祖父之爱与友人阖家之爱比万千他人之爱更为深厚，佑护我的生命。谈笑风生数刻后辞别而去。月色正朦胧。"邻村灯火在千里山山麓若隐若现，"打麦秆声远远近近、高高低低，黑暗笼罩下天地万象欲语又止。"

上记有大正三年三月三日的日期。

耳边是否真的传来四面八方的敲打麦秆之声，抑或只是陈词滥调，如今我已无力想起。明明写有"出门"一语，可彼时我家并无大门，仅仅围着一圈低矮的栎树篱笆。友人府上倒是有威仪的正门与院墙。

夜游友人家一事也于题为《故园》的作品中登场。虽说是为了逃脱与祖父两人独处的寂寥，但更是被一日不见如隔三秋的渴望所诱而夜夜离家。我与比自己高一两级的兄长，以及低一级的弟弟关系都很密切，这与对异性的思慕之情有相似之处。少年之爱莫不如是。我对兄弟的父母也抱有同样的心情。想和他们会面，如瘾上身，若见不到面，则心神难以平静。

然而并没有发生同性之爱之类的事情。

五

大正五年九月十八日至大正六年一月二十二日的日记中，有关于男风之好的记述：

大正五年十二月十四日
星期四，阴转雨

催晓铃声快响起前，我起床小解。冻得瑟瑟发抖。复入被褥，拉开清野温暖的手臂，拥抱他的胸膛，搂住他的后颈。清野如幽梦初醒，也用力搂住我的脖子，将自己的脸偎贴其下。我的脸颊与他的脸颊交叠厮磨，我渴盼的嘴唇落在他的额头与眼睑上。我周身寒彻，似乎让他于心不忍。清野不时天真无邪地睁开双眼，紧紧揽住我的头。我端详着他紧闭的眼帘。看起来不像在寻思着什么。两人如是缠绵半小时之久。我只求这般，我想清野亦别无他求。

起身之后，总觉得有点刺目。

昨夜用功预习英语，今晨也巩固过一番，故而我自信满满地教起了平田同学。

认真听课。

英语语法课上，老师说作文已修改完毕，大家可以来取。又云，正因为关口和细川勤于练笔，他俩看起来是本班英语最好的学生。而我是那种无论老师提出什么问题都懒得举手，只管径直继续写下去的人，听着这番话，不由想冷笑。继而又对此心生厌意。

午后淫雨霏霏，寒气袭身，甚是愁人。

将《新潮》增刊《文坛新机运号》寄送至京都的铃村。

把《今户心中》与《俳谐师》返还给百濑租书屋，付了十钱租金并买了一张邮票，现在我口袋里空空如也。

少年

返还的小说主要是在课间十分钟休憩时读的。
晚上雨停了，阴。

***

大正六年一月二十一日
星期天，多云
武术大会

　　这部日记也难逃本人轻易放弃的习性。去年暮秋，直接契机是《受难者》[1]让我铭诸肺腑，觉得自己虽然很穷，也要将青春岁月的足迹如实记录下来，于是认真地下定决心开始了日记之旅。明明是这样，可近来何以如此懈怠呢？元旦到七日的日记，我尚未动笔。就连从七日到今天，只能说宛如受到义务的胁迫，勉勉强强写了些许。即使这段时间没有什

---

1 日本作家江马修的成名长篇小说，于大正五年出版，畅销一时。主题为青少年的爱与忧愁。

么特别想写的，抑或为了准备第一高等学校[1]入学考试而没有闲暇，我内心深处还是苛责这样的借口。我打算重整心情，笔耕不辍。

今日举行了武术大会。

我的室员里，小泉赢了，杉山也赢了。

宿舍养的猪被屠宰了。大会结束后我去食堂后的仓库一探，它已皮肉分离，丑陋的毛皮横陈于地。猪血在大木桶里和水混为一体，充满着令人发怵的色泽，有磷光浮泛。地上还有内脏，猪脚则悬挂在半空。勤杂工正手忙脚乱地切割着卖给学校老师的肉块。即使是面对这样一头猪的死，我也不想如此轻率地思考。实际上，我什么都不明白。什么都不明白。回归谦恭之心吧，追寻宁静之境吧。

小泉因头痛而"蒙被"沉睡，正巧杉山也不在室内，清野对我倾诉大口的事情。我尽量心平气和地询问了诸般问题，知晓大口曾对——或者说欲

---

[1] 这是一所旧制的三年制高等学校，也被称为旧制"一高"，可以说是东京帝国大学的预科。

少年

对——清野行大不韪之事。

和我的室员以及大口一起吃点心的某晚，我们寝室全员在熄灯后没有入睡，都去办公室及阅览室挑灯夜战，大家事先也将此事知会给大口。过了一会儿，清野独自先行回寝室就寝。于是乎，大口一边嘀咕着"是宫本吗？"[1]一边潜入寝室，明知道房内不是我而是二年级的清野，仍爬到了紧挨着清野的床铺——我为了抚摸清野的手臂，总是紧邻着他铺就被褥——开始和清野搭话。之后的事我不想再问了，不过从清野淡淡的只言片语间，已能想象出大致端倪。但听说清野并没搭理他，大口便悻悻而去了。

清野满腹委屈地诉着苦，还斥责大口是无耻之徒。可见大口是刻意瞄准了清野的床铺，想做龌龊之事——请允许我如此直言不讳吧——他确实在图谋一些卑鄙的勾当。听着清野的冤屈，我的心情不禁波澜起伏。而在清野的诉说声中，他油然而生的

---

[1] 作者川端康成在本作品内被称为"宫本"。与其他同学一样，皆为化名。

那种对我的信赖与爱慕之情，亦让我忍不住要去拥抱他，向他表达谢意。

上静坐课时，我仍驰骋于想象中，屡思诸事。首先涌入脑海的是我对大口的恨与对清野的爱，分别朝两个极端飞驰而去。对大口的愤怒越来越强烈，已到了思虑要和他绝交的地步。不过，难道我自己就堂堂正正到有资格仇恨大口吗？倘若我的妄想以某种方式一一暴露出其面貌，我脸不红心不跳的样子能保持多久呢？凝望美少年、美少女时，我哪一次不是带有肉体欲望的呢？但凡窥伺到良机，看到高木、富永、西川……我的眼睛向内心传达的又是什么？我怎么能说自己对清野没有暗藏非分之想？又怎敢说自己从未游走在与越界仅一纸之隔的边缘呢？然而此等反省对平息我的愤怒无甚益处。我只是比大口更爱慕清野，而与大口尤为不同的是，清野对我也情深意切。清野对我真的是完全敞开心扉与百般依赖啊！我将此辩解当作唯一的救命稻草。

此时，惊觉到小泉正独自在寝室安睡，大口却躲在隔壁房间的被褥里，我骤然不安起来，再也无

少年

法静坐下去。静坐课甫一结束便跑回寝室,开灯细细窥视小泉的睡容。

为了与清野执手,今宵一熄灯我就早早钻进了被褥。

我心怀战胜大口的喜悦,牢牢拥着清野的手臂,遂入清梦。

这部日记于一月二十二日告一段落。在立志"重整心情,笔耕不辍"的那一天未能继续下去。

大正六年我十九岁,读中学五年级。

前一年,十八岁的中条百合子[1]承蒙坪内逍遥的推荐,在《中央公论》发表出道作《贫穷的人们》。是年十九岁的岛田清次郎[2]在生田长江的举荐下,经由新潮社出版长篇小说《地上》。两位作家的横空出世,让身为一介乡下中学生的我震惊万分。然而三十余年后,在知天命的年纪

---

[1] 宫本百合子(1899—1951),旧姓中条。二战后著名的民主主义文学代表人物,主要作品有《贫穷的人们》《伸子》《播州平野》。
[2] 关于岛田清次郎(1899—1930)的记述与事实略有差异。岛田于大正六年通过晓乌敏的介绍,在京都《中外日报》连载《超越死亡》。而《地上》则是经生田长江推荐,于大正八年由新潮社出版。

读起自己十八九岁时的日记，其中露骨的写法仍让人有点暗自心惊。

而且，与这位清野少年的轶事在《汤岛的回忆》中也占据了长达六七十张稿纸。

《汤岛的回忆》动笔时，我二十四岁，是个大学生。此外，当我在第一高等学校时，也曾将写给清野少年的书信作为作文提交上去。记得在收到老师的评分后，还真把它当作一封信寄给了清野。但不想让他看的部分则留在自己手边。这部分残信一直保存至今，属于原稿第二十张至第二十六张。看起来，当时的信件应该长达三十张左右。这也是一份以书信体呈现的往事。

如此说来，与清野少年之间的情愫如此绵长。这段因缘萌生的中学时期我在写，就读第一高等学校的时期我也在写，读大学时我仍在写。

而今我已年届五十，欲刊全集之际，重温这三份手稿，感慨颇深。虽说三者皆为残篇琐言，且生硬青涩，但若一味将其付之一炬，似乎也令人恋恋不舍。

六

作为作文提交的书信,我想是写于就读第一高等学校一年级时,也就是我十九岁那年的九月到二十岁时的七月之间的那段岁月。那个年代的高等学校是九月入学。

书信的第二十张只有下半部分,上半部分被裁掉,想必是寄给清野了吧。

我将保存在身边的六张半稿纸的内容抄录于此。

你的手指、双手、手臂、胸膛、脸颊、眼睑、舌头、牙齿、双脚,处处让我恋恋难忘。

那时我眷爱着你,也可以说你眷爱着我。

言既至此,如今你也已晓然于心了吧,但在第三者眼中，立即就能揣度出我们这对学长与学弟、寝室长与室员之间的秘事。

新学年的春天，我们开始同栖一室后，垣内和杉山便避免挨着我就寝。我很快就知道杉山这么做的缘由是他生病了，而如今我仍不知晓垣内的理由。或许是因为垣内年少老成，深谙学长与学弟之间的关系。垣内虽说和你同为二年级学生（他留级了一年），却似乎对你心怀觊觎，或许就是因为这一点。当然，后来垣内也苦恼于杉山的病情，巴不得想和你互换床位就是了。

而你，一直很率真地睡在我身旁。

垣内退学，小泉顶替他成为我的室员后，便和杉山一倒在床上就呼呼入睡，只留下你我恳恳而谈。杉山尤善察言观色，夜晚熄灯后仍继续苦读，经常在宿舍外待到很晚。

不知不觉间你的手臂与唇瓣都向我解禁了。将全部奉献于我的你是如此纯真，权当是被父母拥抱在怀。也许如今你已把这一切忘得一干二净，但受恩于你的我，心思远没有你那么纯洁无瑕。

少年

（若你现在还和我在一起，这些话我是不会流露出一星半点的。但听说自从我离开后，你和菊川、浅田同室，北见当了寝室长。我还在学校时，菊川与浅田便是宿舍里的美少年，备受各位学长的瞩目。况且北见并非可靠能干的五年级学生，而是软弱无能的四年级学生。他有呵护室员的能力吗？我实在担心不已。而且我怕你也会遭遇到学长们猥琐的对待——虽然我连写猥琐两字的勇气都没有——或者你目睹过菊川与浅田的这般遭遇，于是我才言及此事。岛村寄来的信里，提到新生中也有姿容出众的少年，情形相当乌烟瘴气。感觉你的来信中也有类似的口气。）

诚然，我从未向你倾吐过手臂、嘴唇、爱之类的字眼，这些全是你在不经意间给予我的。虽然我也幻想过更深一步的交融，却全没想将之付诸行动。你对此是心知肚明的。

然而，不愿堕落至学长猎取学弟的深渊的我，或不得入其门的我，仍渴求在我俩的世界里最大限度地乐享你的肉体，无意之中发现各种各样新的方法。啊，你是多么自然，又多么天真无邪地惠允了我的新方法啊！我的最大限度的尝试没有引起你丝毫的厌恶与疑惑，我觉得这样的你就是救济我的神明。啊！曾如此爱慕我的你，就算我要求更深一步的交融，事毕之后你应该还是会信任我吧。你是我人生中全新的惊喜。

但是舌头或脚，与肉体的幽处之间到底有多大差别呢？我自忖是否只是因为自己怯弱，才勉勉强强不敢越雷池一步呢？

因家中没有女性，我在情欲方面可能有些病态的地方，从小便沉湎于妄想中。或许对于容姿姣好的美少年，我也会比常人产生更为奇怪的欲望。投考第一高等学校时，仍感觉少年比少女更能诱惑我，而我现在还考虑要将那些情欲化为作品。我三番五次悲哀地自忖，你若是女生该有多好。

落笔不禁伤情，但我竟丢下令人如此难舍难分的你的身体，挥别而去，我可曾天真地为自己的端洁德行而欣然自得？难道不是在很长一段时间内，若有所失的寂寥反而趋于强烈吗？

与垣内离别时，先涌上心头的不就是那毫不隐

少年

讳的缺憾吗？

新学年寝室成员确定下来之时，虽觉得你也楚楚可人，但如女子般娇艳，在浴场常让我百般憧憬的垣内来到我的寝室时，我的欣喜之情虽清淡，却也溢于言表。

垣内与你不同，甚是知晓学长心思。他也总是对我流露出随时奉陪的模样来挑逗我，反而让我张皇失措。

你还记得那个七月的晚上吗？垣内惨遭四五年级学生围殴的铁拳制裁，垂死般瘫倒在地，我抱起他大汗淋漓的软绵身体，背着他去冷水浴场。帮他冲水时，他仍委顿不堪地依偎在我膝上。睡衣被汗浸湿，没法帮他穿上，我只好直接背着赤裸的他。也不知是筋疲力尽还是有意撩拨，垣内拼命缠绕着我，但我什么都不敢做，无非因为我胆小怕事。或许垣内私下里也嘲笑我的怯懦。

暑假前垣内遭受如此惨烈对待，又因假期我和他不得不分别，我对他的同情，以及情欲上的依恋日渐笃深，暑假前我写了好几封长信给他。我说希望九月再回来当我的室员，但垣内从那以后就休学了。我又写了信。校长把我叫去，说基于家庭情况及垣内本人的性情，这个节骨眼上退学反而更妥善，晓喻我不要用深情的信乱其心志。我羞愧难当，直冒冷汗。劝他复学，真的只是出于我感伤的深情吗？

与对垣内的感情相比，我对你的感情要纯洁许多。就算要承受巨大的痛苦，你也会对我百依百顺吧？即使话说到这个地步，如今只要我有所欲求，无论什么，你仍会尽力满足吧？然而，虽然做至最大限度，终究还是止步于界限内，事到如今我才啰啰唆唆地倾诉这些，或许会徒增你的不快。但想必终有一天我自己也会明白，这就是我超越怯懦的爱。

尽管你对学长的欲求浑然不觉，在我将回乡探亲的当晚，你几乎带着哭腔告诉我，隔壁的大口会进入寝室，这甚是可怕，你央求我不要回家。甚至容许我将被褥铺在你身旁，与我一边接吻一边控诉大口的不轨，仿佛我俩的缠绵与此毫无关联，你对我没有丝毫怀疑。二月，我为了准备入学考试，一连数日在图书馆待到深更半夜。某晚我突然回到宿舍，撞见来玩的上岛，他慌得不知所措，欲钻入你的被褥里匿伏起来——当然他大概并非抱有不可告人的目的——我被上岛气得发抖，于是迫使他挑明学长的欲望。惊闻此言的你单纯地惊讶不已，却好像将我看作唯一的例外，终究还是一如既往，轻松又坦诚地拥抱我。是你这清纯之爱以热泪濯吾心。

若说这是我的怯懦，我也无言以对。换个角度来看，我竟能奇迹般地无须强行抑制与忍耐，便得以保全你的清白，想来我也罢，你自身也罢，无论向你那赤子之心呈献多少感恩之情，恐怕都不为过。

你是万分诚恳率真，宛如你父母直接把你交到我的手上一般，你是多么美好的一个人啊！

这第五章写得毫无章法，写得畏首畏尾。或许有自我辩护的企图，但亦有不忍刺激你神经的用心。

第二十六张稿纸以此结束。

这通书信让五十岁的我也甚是惊心。

说什么"写得畏首畏尾"，什么"亦有不忍刺激你神经的用心"，若第五章是如此这般，那前四章究竟是什么风格，到底写了什么啊？

但看来我还是有所收敛，没有将这六张半的残稿寄给收信人清野。

不过，将这封书信作为学校的作文递交上去，连我自己也不得不感到震惊。我忘记老师打了多少分，但也不记得曾因内容的问题受到老师的警告。我想大概会让老师摇头苦笑一番吧。任凭学校的校风多么自由，这也是一篇离经叛道的作文。

七

《汤岛的回忆》写在每页可写下四百字的稿纸上，共一百零七张。这是一部未竟之作。

第六张至第四十三张是与流浪艺人结伴越过天城岭前往下田之旅的回忆，后来我将这部分改写成题为《伊豆的舞女》的小说。与舞女同行是在大正七年，当时我二十岁，我于大正十一年动笔写《汤岛的回忆》，时岁二十四，《伊豆的舞女》则是写于我二十八岁时的作品。

《汤岛的回忆》除却关于舞女的部分，大多是对清野少年的回忆。虽不及《伊豆的舞女》那般流畅紧凑，但这部分占据的稿纸张数很多，情感甚是充沛。一年之间朝夕起居相伴的恋恋之情，总比旅行中一时偶遇的感伤更为深切。

《汤岛的回忆》第一张稿纸下半部分已毁，无法解读，但根据上半部分的内容推断，大体可知内容如下：

> 我知道汤岛的春天是什么样子，也知道汤岛的秋色与冬韵，唯独没有见过它夏天的风貌。于是今年盛夏我打算在汤岛避暑。
>
> 七月的最后一日……
>
> 在三岛站换乘前往大仁的电车时，骏豆线的售票处有一位令我颇有好感的女孩。
>
> "这一定会是一趟美好的旅行。"我神清气爽地自语。

据此可知《汤岛的回忆》写于七月底或八月初，也可以看出造访汤岛时我那清新自然的喜悦之情。

昭和二年，我二十九岁，出版作品集《伊豆的舞女》时，也写了以下文字：

> 且说看到完成的样书时，果然请吉田君[1]过来一

---

1 吉田谦吉（1897—1982），舞台设计师、美术导演、字体设计师。《伊豆的舞女》初版由金星堂付梓，吉田负责装帧设计。为此他特意前往汤岛温泉拜访川端康成，通宵素描汤本馆景物，并以此为素材创作了装帧图案。

少年

趟是明智之举。"伊豆的舞女"穿着汤岛温泉的和服。这个指那个,那个指这个,我们把装帧图案中种种物品与实物一一联系起来,雀跃良久。还有什么比这能更好地纪念我在汤本馆的生活吗?

我与汤本馆渊源颇深。小说《伊豆的舞女》中登场的我是"一高"的学生,时年二十岁。那是九年前的往事。《伊豆的舞女》的书封壳右侧画有镀镍牙膏盒,据说是旅馆里一个名叫登志的小女孩的物品。这孩子如今已是普通小学四年级学生了,但我眼前还浮现出自己初次来访时,不过两三岁的她摇摇晃晃爬着楼梯,却迟迟上不去二楼的样子。

约十年间,我没有一年不来汤岛。这两三年,甚至可以说成了伊豆当地人了。前年初夏到去年四月我一直逗留在汤岛,现在虽春回大地,可我自去年秋天以来,按惯例一直寓居在汤本馆。就连《伊豆的舞女》出版申请书上的作者地址也是静冈县田方郡上狩野村字汤岛。提及我的第一、第二作品集,微小说集《感情装饰》中有三十篇,《伊豆的舞女》中有四篇皆是在汤本馆创作的。在修善寺站甫一下车就会迎面看到熟人的面孔。汤岛和吉奈的老相识更是多得数不过来。去年春天我将返回东京时，旅馆的老妇人潸然泪下，好像在送独子云游远方。然而到了秋天我又回来了。

而我在这家旅馆里，曾与多少人知心着意地交往过啊！

……

我总是多多少少怀有生活的痛楚，十数次或是数十次，来到这座天城山的山麓。

五十岁的今日，已找不到其他地方可以让我在如此的爱与欢愉中凝神执笔了。今后还能前往一个宛如此处之地吗？

在《汤岛的回忆》第二张到第三张的稿纸上，我这样写道：

我对伊豆也满怀思念之情。若能酿成回忆，感伤亦无妨。如今汤岛仿佛就是我的第二故乡。我每每从东京跑到这天城山的北麓。其中一个秋天，脚

少年

恙缠身，我担忧自己会不会变成瘸子；有一个冬天，因惨遭不可理喻的背叛，我勉强支撑着一颗行将崩溃的心。对这里的挂念，其实与乡愁并无二致。

接着是对汤岛的嘉许之辞。"我尚不熟悉伊豆半岛西海岸的伊东、土肥等地的温泉，但在热海线、骏豆线、下田街道沿途的众多温泉之中"，汤岛是我的最爱，第五张稿纸的内容以此类话语告终。第六张稿纸所写的文章开篇如下：

> 在各温泉间辗转奔波的流浪艺人似乎一年比一年少。我的汤岛之忆始于这些流浪艺人。初次的伊豆之旅，美丽的舞女犹如彗星，修善寺至下田街道一路的风景好似彗星尾巴，在我的记忆里闪亮掠过。时值刚上"一高"二年级的仲秋，那是我来到东京后第一次像模像样的旅行。一夜宿泊修善寺后，沿下田街道步行前往汤岛途中，刚过汤川桥附近，偶遇三名年轻的流浪女艺人。她们要去修善寺。远远望去，提着太鼓的舞女惹人注目。我一次又一次回头

眺望，自觉旅情染尽全身。

《伊豆的舞女》似上述般写道。

"其中一个秋天，脚恙缠身……"说的是我就读于"一高"三年级的那个秋天。《汤岛的回忆》就当时的情况作了如下的描述：

中学宿舍的前室员给我寄来一封信，上面这样写道："每次听见长廊尽头传来麻底草鞋声，总是不由想到，是您吗？但立刻就回过神来，知道不是您。您左脚和右脚的落地声不同。我还常常模仿您下楼梯的习惯，两脚先后踩在同一层台阶上。"

我并不知道自己左脚和右脚的脚步声不同，也意识不到自己有跛足。然而，似乎病根就在这里，我苦于右腿疼痛，在与舞女共旅的翌年秋末，重回汤岛。

四五日来让我苦不堪言的内热郁结在腰间，然后游走到右腿。等我能站立起来后，即使只是短短一段路，拖着跛足一瘸一拐地走也让痛腿更觉舒服

少年

些。有时右脚的木屐突然一下飞出去,甚是恼人。医生也建议我去温泉疗养。

离大仁站尚有四里[1]的路,我乘上马车。前往吉奈温泉的岔路口处,我被请下了马车。车夫说不能再向前行了,因为晚秋天黑得早,而此时日暮已至。乘客只有我一人。

我忍不住要哭泣起来,但除了拖着右腿走上一里左右的路,也别无他法。虽然抱有豁出去的心态,但因是硬撑,腿很痛,不听使唤的右脚上的木屐又时不时脱落。

嵯峨泽桥上,只有桥身油漆与拍打在岩石上激起的水花尚存白色,四周群山在薄暮中苍茫如黛。心有急意,腿脚却迟迟无法迈开。

我想起一条与街道岔开,沿狩野川的河岸而行的近路。要是过了桥再找那条路就好了,可我却没有过桥,而是沿着河岸前行,走到山腹处便失去了路径。即使连滚带爬般沿着山麓走,仍找不到能渡

---

[1] 日本固有尺贯法的长度单位,1里约为3.9千米。

河去旅馆的桥。最后不得已只能拎着木屐涉过溪流。

因溪水清澈见底，我低估了它的深度，实则溪水没膝，浸湿了腰。已是穿棉衣的季节，溪涧寒水刺激起神经痛，冲击我冻得拘挛的腿，欲将我推倒在地。

我穿着袴的下半身有如落汤鸡。站在灯火昏暗、鸦雀无声的旅馆玄关前，我苦笑起来。前一年秋天，舞女便是在那边翩翩起舞。

把湿透的和服抛在一边，将身体浸入暖暖的热水中，终于缓过劲儿来的右腿紧紧地绷起来，惬意地痛着。

尽管一半是意气用事，但我最终能走出没有蹊径的山麓，涉过溪流，可见神经痛并不是很严重。过了一周左右，我便能往返比吉奈还要远的约两里开外的船原温泉。

船原的旅馆不仅有很大的浴场，庭院也宽敞，客房也有好几栋。然而，可能是温泉水质的问题，泉水薄黄浑浊，漂浮着大量水垢。一个满身布满皮肤病的男子泡在池中。回到房间时，邻室女子披头散发立

少年

于走廊，剃光的圆顶上搭着一块湿脸巾，令人害怕的眼睛瞪得老大。一看就知道是精神异常的癔病患者。站在走廊上说话的男子据说是我读"一高"时的一位老师的哥哥，他在中国东北罹患肺病，后回国疗养。我吃完午餐，就匆匆逃回来。汤岛几乎没有什么游客。温泉澄明，山川秀美。我能走上约四里路，心内甚喜。

逗留约十天后，我暂时回了一趟东京，随即又前往汤川原小住几日。并非腿疾已经痊愈，而是我的钱不足以让我淹留在此做温泉疗养。

平素见我走路，应该不大看得出来我一条腿有恙。但这病症好像也难以根治，气候宜人的季节与天气晴朗的日子感觉不到，但若逢严寒酷暑，尤其是遭遇让我的身体难以招架的严寒之后，腿会隐隐作痛。气温急速升降之前，进入梅雨季或秋日绵绵长雨期之前，凭腿的感觉就能事先预知。

不仅是汤岛，无论哪个地方的温泉，只要把双腿泡进热水中，左右腿对温泉的触感均不同。然而在东京的澡堂里却感觉不出来。我想这恰恰证明温泉疗法是有效的。

近年虽然好多了，但生病后一两年内，两腿的温度一直不同，右腿发冷。现今也是如此，冬天我躺在冷冰冰的床上，就算左腿焐热了，右腿还是冰冷。定神一看，仿佛不知不觉中，大脑已意识到双腿有不同之处，并相应做了差别对待。

还有，我一旦遭遇精神打击，首先感到的不是心力交瘁，而是体力衰退，其征兆就是腿发痛。

被这般心神崩溃、身体衰颓所困扰，再加上寒气而引起的腿痛，去年年底我逃到了汤岛。导火索就是那位名叫四绿丙午[1]的小姑娘。

我因腿疾发作，第一次来汤岛疗养后回到东京的冬天，当时年仅十四的四绿丙午应该问过："您的腿已经好了吗？"

今年夏天，泡在温泉里的双腿感觉几乎没有什么差别了。我想，可能是痊愈了吧。

---

[1] 为川端康成的前婚约对象伊藤初代。1919年，川端康成与虚岁年仅十四的咖啡店女招待伊藤相识，1921年定下婚约，一个月后女方悔婚。

少年

"有一个冬天，因惨遭不可理喻的背叛……"谈到的便是与四绿丙午那个女孩有关的事。那是写《汤岛的回忆》的前一年秋天的事，彼时我二十三岁，我与十六岁的她订婚了。若婚约没有破裂，则是二十三岁之人与十六岁之人的早婚经验，放在今天是颇为罕见的。

由于神经痛或风湿病，我常去汤岛和汤川原，但多年以后才知道，汤岛也好，汤川原也好，有的都是水质偏寒的温泉，这与疗养需求正好相悖。然而，要说效果，还是挺有效的。

腿疾一直没有根治。今晚在写这篇《少年》时，盛夏之雨欲来，我的右腿感觉不大对劲儿。我整个右半身大体上似乎都不是很好。脑和脸的右半时不时会麻痹，手也是如此，右手会发麻。右眼视力不佳，似乎沦落到仅靠左眼生活的地步。这是幼年所患的眼底结核的后遗症。当医生明确告诉我眼底有病痕时，我已年届四十。

八

"书写至此,女佣拿着新浴衣来到房间。我身上这件衣服已穿了五天。"

《汤岛的回忆》的第四十三张稿纸,即《伊豆的舞女》的尾声,我如是写道。看来我花了三四天的时间写满了四十三张稿纸。

接着是汤岛的景色,其后是前往京都探访清野少年的记录。

  书写至此,女佣拿着新浴衣来到房间。我身上这件衣服已穿了五天。她拾起我脱下的浴衣,并问道:"'蛙'这个字是虫字旁加什么来着?"我想象不

少年

出来为何这位女佣一定要知道这个字。但是,汤岛的田野和河里似乎很少有青蛙。这是经一名商科大学的学生提醒后我才知道的。

在汤岛看不到一轮明月,也看不到灿烂的旭日以及绚丽的夕阳。适逢晴天,走上街道仰望富士山便可。北望遂入眼帘。晨曦与残照都会映在富士山上。

这里的清晓,西边群山早早戴上晨光那明媚的头巾。头巾边缘依着山脉徐徐展开,红日也越升越高。日暮时分,东边群山又戴上头巾。汤岛的山摘了头巾后,天城的山峰依然披巾戴冠。仅仅只有天城还笼罩在金黄色夕阳的残照中,向南仰望,我总会想起舞女。今年夏天天城晴日连连,但以前的秋冬我几度来访时,即便汤岛不降雨,天城也屡屡被大雨染成一片白色。(写完这些以后,我才知道有天城私雨[1]的说法。)

---

[1] 日文中"私雨"指只在某特定地区下的骤雨,尤指山下晴天而山上落雨的天气。

我和那位商科大学的学生在溪涧中小岛的凉亭纳凉时，他仰视霄汉，憾言在山洞果然看不到辽阔星空。

"月亮也会动呢。"

身旁来自东京的一群孩子，挥舞着线香烟花，比试着看谁能画出更大的烟火圈。

"月亮动是肯定会动的，但特意说会动还是挺奇怪的……"大学生为了解释他的意思，举手指向月亮。他说月亮的轨迹在三四天内就会大幅移位。每晚坐在同一处，看月亮穿行过的树梢或落沉的山顶，便能知道。

接着他又说，这里没有蛇、蛙、蜥蜴之类的东西。因为他讨厌那些动物，才注意到这一点。

还有，我抵达的当晚，从走廊向下看时，听到另一个女佣——不是问我蛙字怎么写的那位，问我：

"宫本先生，您看，这不是有萤火虫吗？汤岛没有萤火虫，这句话是不是宫本先生您说的呢？"

抬头一看，房前一株葳蕤的大树上果然有一只萤火虫熠熠生辉。此处几乎没有蚊子出没，想来这

少年

是泉水至清的缘故吧。

女佣言及萤火虫时,我之所以面朝下方,是因为我正谛视大本教第二代教祖和她的女儿从温泉里出浴的情形。

我去京都看望清野时,该少年正在大本教的修行所。所以这里我先写在汤岛偶遇大本教教祖,由此联想起清野,然后继续写下去。

《汤岛的回忆》第四十七张至七十九张稿纸记录的是访问清野少年的事情。接下来的内容就是:

"中学宿舍的前室员给我寄来一封信,上面这样写道:'每次听见长廊尽头传来麻底草鞋声,总是不由想到,是您吗?……'"

写到自己因腿疾而来汤岛。然后,又回到窥看教祖泡温泉的叙事中。

去年十二月以降已七个月未曾造访此温泉,这次再度泡在里面,宛然洗净在东京的日日穷蹇。耳边传来溪流潺潺,我正在写信之际,忽闻外面有二三十人齐声拍了三下手。还似有人急速吟诵之声。我本以为是村民互助会或什么宴会，绕到外面走廊一看，发现是大本教的信徒齐聚一堂，举行傍晚祈福仪式（忘记大本教是怎么称呼它的了）。因为我曾在京都嵯峨深山的修行所（这也不是大本教的专有说法）宿泊两晚，见过众信徒生活的样子。

站在外面走廊下，女佣便就地为我铺上了坐垫。两名客人与三四位女佣早已并排挤在走廊上看热闹。

旅馆玄关的正前方，新建了白铁皮铺顶的三间平房。去年十二月那里还是空地。两三年前原本有栋老房子，客人过多时会应急用一下。

有人买下了那栋老房子，把它搬到了旅馆附近，在那里住了下来。

女佣说，新建的房子是旅馆老板专为大本教神明而造。老房子只卖了几百元，新房子却花了好几千元呢。

她还说，坐在最前面的是第二代教祖，她旁边的是第三代。我又问了一遍，其中一客人回答道，

少年

那是出口[1]的老婆，旁边则是他的女儿。我追问道，是绫部[2]的吗？客人回答说，应该是吧。"哦。"我吃惊地叫了起来，望着她们。

一名客人对我说，祷词是出自《古事记》吧。我在嵯峨深山也读到过这些祷词。

"第三代真是鲁莽之人。你看她不是一直在用手巾擦汗吗？一点也没有活神仙的尊相……"

那位客人又说道。走廊上的旁观客都细声笑起来。第三代教祖是位二十岁左右的姑娘。

据说信徒听闻教祖莅临，有二三十人从附近乡里聚集于此。

我的脑海里浮现出嵯峨深山的修行所。还有前室员清野的虔诚之姿。警察开始调查绫部那段时间，报纸上便大肆报道大本教，我也是为了清野，留心常读。

或许也因此事，我一直把绫部的本部和那里的

---

1 出口王仁三郎（1871—1948），原名上田喜三郎，大本教圣师。入赘成为大本教开山祖师出口直的婿养子，是大本教实质上的创教人。
2 京都府绫部市，大本教发祥地与总部所在地。

核心人物想象成本事通天的样子。结果今天在做梦都未想到的地方亲眼见到本尊,这位看上去和乡下粗点心店老板娘没有什么区别的大妈,据说就是大本教第二代教祖。那个粗俗不堪,看起来不是很聪明的矮矮胖胖的村姑,竟然是第三代教祖。我不禁寻思这怎么可能,于是三番五次地向周围的人问道:"真的是教祖吗?是从绫部来的吗?为什么要到这里来?"

第二代教祖脸庞肥满,毫不讲究地扎了个垂髻,完全是山野里四十多岁胖女人的风格。第三代教祖则发质糟糕,如路边小学女生般胡乱地把头发绑起来,无论是眼神、肌肤还是五官,都不带有一丁点儿朝气,看不出一丝青春活力。一张大脸阴云密布,显得忧虑重重,身体看起来筋疲力尽。整个人没有一点美感。

大概因为开山祖师婆婆看上去就像是山中老妖吧。虽说是第二代、第三代的教祖,不过就是开山祖师的女儿和外孙女罢了。难道这就是人间活神吗?只凭宣扬大本神谕或故弄玄虚就让人崇拜得五体投地的女人?

少年

仅就我在二楼走廊俯视看到的光景而言,她们一点气质也没有。一副懒懒散散的打扮。若是身为被人崇拜的信仰对象,或自身信仰笃诚的人,身上某处总会显现出一种精神的光华、崇高、壮美、澄净,一种镇定自若或深仁厚泽的胸怀。我倒不是感到幻灭,而是怀疑她们是不是真正的教祖。

将如此凡俗女子尊奉为教祖,也许包含着同自古以来的神圣与宗教感脱钩的新宗教的意义。借助彼妇的姿容抛头露面,或许其中自有神心。即便如此,乍一看实在不像有神明栖身的样子。甚至连身怀一技之士的秉性与风度都看不出来。

若是敬奉此辈为教祖,献身于此教的话,那清野实在可怜。如果这就是活神在世,那么他更在真神之上。我实在想写信到嵯峨深山,甚至想对他说,你不如皈依于我,那要好得多。

我回到房间,继续写刚才搁下的信,这时外面又响起了拍手声,祈祷音停了下来。暑气让第三代教祖不顾雅相也要不停地擦汗,祈祷完毕后她们一定会泡温泉洗去汗渍。也是出于整蛊心理的怂恿,我挂着手巾笑着走出房间。

至此,我还在怀疑那位说她们是教祖的女佣认错人了。如果真的是教祖,这倒成了我以后在子孙面前吹嘘的话题,如果是假的,那与胖女人一起泡温泉该是何其无聊啊。

旅馆有三处温泉浴场,室内一个,户外一个,还有一个在河滩。室内的浴池被木板隔成三格,热水流经三格,漫及隔板,水温一格低过一格。从这里的更衣室走到屋后,稍靠左边有一座盖着简单木板顶的露天汤池,那便是户外温泉。而就在室内温泉更衣室的出口处,架有一座长四五间[1]的木板栈桥,可通往溪中岛。那是一座在溪涧中人工建造的细长小岛,树丛中有一座凉亭。夏日客人可在此乘凉,远眺溪水,放松因戏水而疲惫的躯体;艳阳高照时人们可在此睡个午觉;晚上众人则可长夜漫谈,点几根线香烟花消遣,还可演奏些小乐器。有八九位客人带着东京的艺妓,把酒肴搬至凉亭,摆出一派包租半天的模样枕藉

---

[1] 日本尺贯法长度单位,一间约为1.8米。

少年

于那里，令其他客人愤愤不平。从溪中岛顺着山谷的河滩向下而行，有一块宽一间半、长约三间的岩石。岩石上凿有浴池。温泉从竹筒的切口流入岩石浴池内。温泉应源自对岸的山脚，溪涧上方架有两根竹筒，将热水引入旅馆，又分流其中一部分，经第三根竹筒从溪中岛流回溪涧，落在岩石浴池中。

旅馆的正南方有座公共温泉。从对岸岩石间涌出的无用的温泉水会落入溪涧，自然地汇集在岩石和岩石之间。旅馆的正北方是别墅温泉。

我下楼前往室内温泉时，看到七八个男人和一个皱皱巴巴的老太婆在里面。那一堆吵吵嚷嚷的男人肯定是信徒，老太婆却不是教祖。我的整蛊之心蓦地受挫，意兴阑珊。我的企图本就不值得褒奖，也是亵渎神明的秽念，而且光是看到那些满满当当挤在浴池边的男人，就失去了下池的心情。

回头朝后一看，桥上与溪中岛有灯笼的亮光与人影在匆忙地晃动。或许是教祖一行在纳凉，也可能是在泡岩石温泉。那么何不在二楼将此景一览无遗？我便回到了房间，坐在二楼走廊的椅子上，借着星光和灯笼的光亮，搜寻教祖一众的身影。

正下方便能看到户外温泉的木板顶，也能看到桥。透过树林，凉亭清晰可见。凉亭在晚上经常点着电灯。岩石温泉则隐匿在溪中岛的阴影中，只看见挂在上面照明用的灯笼。我下方的温泉入口，以及凉亭旁也亮着灯笼。还有人正提着灯笼过桥。男男女女走来走去，但从二楼俯视，下面暗淡无光，人脸模糊不清。光着身子的人很多。

木板顶的户外浴池边，裸体女子一个接一个出浴，在我眼前的微光下用手巾擦拭身体，随之松垮地套上浴衣，并未系上腰带，只用手轻轻拢住前襟，便朝桥的方向走去。

一位肩、腹和腰都甚为滚圆肥壮的女子刚从浴池里出来，便有一名身着罗纱和服外褂的男子提着灯笼，等候女子穿上浴衣，再领她去溪中岛。

我问身旁一起看热闹的女佣："是那个吗，是那个吗？"但还是没有认出谁是第二代教祖。

过了一会儿，"第三代，第三代。"女佣匆忙喊道。朝正下方一看，一副甚不雅观的白色躯体刚从

少年

温泉里"出浴",她将一只脚搁在旁边的岩石上,用手巾擦拭着。她披上浴巾后,同样也是由人提着灯笼引路而去,提着灯笼的男子一丝不挂。

我所在的位置有普通的三楼那么高,无法推测下方走在昏暗中的女子的年龄。但女佣口中被视为第三代教祖的女子,在我眼中更像是第二代。不仅因为她的发型似不入流的相扑选手,体型也是如此,一点没有年轻姑娘的样子。女佣倒是一副很确定的样子,反复说那就是第三代教祖。

目光随第三代教祖远去,又收了回来,只见有裸体女子刚出浴池,周围已没有灯笼,她一个人张皇失措起来。因有好几套裹肤的白布和浴衣在那里散成一团,她分不清哪套是自己的,找得不胜其烦。我不禁笑了出来。

众男子为谒见在世活神的尊颜而感动,每人都尽全力服侍教祖入浴与纳凉,也有人全身赤裸,奇怪归奇怪,但也是一片田园牧歌般的原始风景。众女子也是如此。

不久,人们便稀稀落落地开始离开溪中岛,过桥前往旅馆。有人还逗留在岩石温泉和凉亭里，有人在桥上伫立，也有人钻进了旅馆。

女佣对此番光景并不如我这般兴趣盎然，便离开了。我留在走廊上没动。人影大多消散至屋内后，唯有桥上和凉亭灯火依旧。当晚好像约有十五位善男信女在旅馆留宿。

翌日清晨，我起了个大早，在东京时未曾这样过。六点刚过就去泡温泉，信徒们也三三两两地来了，没看到教祖的身影。回到房间后，正喝着晨浴后的茶水时，外面平房那边开始了晨祷会。我又走到昨天的走廊上。昨晚说他们的祷词出自《古事记》的那位客人，正用柯达袖珍相机对着平房煞费苦心地拍照。祈祷完毕后，信徒们又返回旅馆。

平房那边，第二代教祖来到檐廊坐下，腿伸在地板外，露出胖女人的小腿，把切细的烟草塞进小烟管，在烟草盒上砰砰地紧敲。她与从东京随行前来的信徒，以及貌似艺妓酒馆老板娘的人物谈笑风生。那是一种超越现世活神的概念的品相。

第三代教祖则在房内笨手笨脚地收拾行李，依

少年

旧一副满脸忧虑、有气无力的样子。

那天早上某个时辰,教祖之辈与众信徒皆打道回府了。

晚餐后,一位据说是东京新桥和服铺少东家的人到我房间聊天。正碰上我散步到天黑回来,在闲读报纸。报纸上刊登着我大学时的好友的首篇文艺时评。和服铺少东家的声音好像是从唇齿间发出来似的,措辞恭敬,彬彬有礼。交谈中不断插入"如鄙人这般胸无点墨"一类自谦的话。

我从这位少东家的口中得知,教祖她们没去泡室内温泉是情有可原的。这位少东家并不像我,认识清野少年那样的信徒,因此对大本教抱有的同情比我冷淡许多。

村里的信徒听说教祖要莅临温泉,据说在前一天就除杂草、清乱石,把天城街道到旅馆长约三町的险坡整修妥当,将旅馆后的木板桥洗刷一新。还清理了户外浴池,在入口挂起竹帘,贴上"禁止入浴"的贴纸。我看见过"禁止入浴"的字样,并没和教祖联系在一起,还以为是浴池坏了。据说奉迎教祖一行的前一晚，众信徒共聚一堂，为活神屈尊驾临而感激不已。和服铺的少东家说自己怀着凑热闹的心态，打着手电筒去观看信徒出门恭迎教祖的场景。信徒各自提着灯笼簇拥教祖，伴她们走下坡道来到旅馆。教祖泡完温泉，在桥上纳凉时，众信徒团围左右，毕恭毕敬地用团扇扇风。

少东家又说，把腿悬在檐廊边，用团扇轻轻敲打的女子，不仅不具备活神风范，而且举止简直就像农村老太婆一样，一点也不高雅，虽然"如鄙人这般胸无点墨之人"很难判断。

说实话在我眼中，崇拜那两个女子的男人们，与其说上演的是滑稽的喜剧，毋宁说是令人心痛的悲剧。或许两人蕴藏着从外表看不出来的神性与神德，或许大本教的真谛反而栖居在平俗的容貌与精神背后，但我与和服铺的少东家同样感到幻灭。

然而，映入信徒眼中的并非如此。教祖离开当天，在我用完午餐后约一小时，旅馆的老板娘前来寒暄，我谨慎问道昨晚和今晨的女子尊师是何方人士。我仍碍难接受她们是教祖。回答当然还是毋庸置疑，

少年

她们正是第二代和第三代的教祖。旅馆老板是连绵部都认定的信仰笃诚之士，第二代的丈夫嘱咐她们从东京返程时顺便在汤岛落脚，她们便过来了。

老板娘说，昨夜大家都恭听了一些珍闻。我一声不吭地看着老板娘的脸，等着她说是什么样的趣事。但老板娘只说那真是令人不可思议的故事，聆听完那些奇闻之后，就算想怀疑也怀疑不了，然后她微微一笑，并没有接着说下去。我只好开口问是什么样的佳话，老板娘一个劲儿地说，是想怀疑也怀疑不了的故事，并没有回答我。我自忖大概是神迹之类，再三追问，老板娘才吐露出"御神岛"的奇事。

第二代教祖的丈夫王仁三郎的一侧脸颊曾肿胀了四十余天。老板娘一边说，一边用自己的右手按着脸，我想大概是右脸肿胀吧。消肿之后，脸上却长疮生脓。脓疮的位置渐渐移动——老板娘说着，右手缓缓抚着脸颊向下游走，所以脓疮的位置应该就是顺着她手的方向移动的吧。之后牙龈开始肿胀，肿胀处变成一个硬块，吧嗒一下掉下来，据说变成了舍利子。

脸颊的脓疮移至牙龈，结成一块舍利子，这一逻辑的顺序让我无法理解，因此我在她说话时抛出一些简短的问题，但并没有得到满意的答案，显然不是牙齿掉了下来。

那颗舍利子和御神岛的形状如出一辙，简直就是一副脱胎于御神岛的模样。我不懂什么是御神岛，不管怎么问，从老板娘的回话里，只能了解到御神岛在教典或神谕里是只知其地形却不知其所在的大本教圣灵之地。王仁三郎凝视着御神岛形状的舍利子，感到妙不可言，虽能从中读出一些神旨，但终究不知道岛在何方。然而某一天，王仁三郎既没有事先告知第二代教祖他要去哪里，也没有说要做什么事，突然独自出门，不知去向。等他回来后，说是找到了御神岛，这才如实道出舍利子一事，并把舍利子当神供奉起来。

我想他可能在梦中受到神启，便问及他是如何得知通往御神岛之路的。老板娘仅回答道，终究还是受恩于神祇的指引。御神岛是海上的小岛吗？还是像汤岛一般实际是陆地上的地名？究竟在哪里

少年

呢？这个故事对我来说是无凭无据的空话。或许就像清野说的"御土米"的灵地一样，所在之处颇为神秘。御神岛的故事也好，御土米的故事也好，听起来都如同神话。

据说警察去调查绫部的本部时，神明事先就晓谕了那场灾难。那时官府把嵯峨深山搅得乱七八糟。我在关西的报纸上得知这一消息，暗暗担忧清野因此情绪低落，变得闷闷不乐，甚至心理失衡。

老板娘讲完御神岛的故事后起身离去，我随即出去散步。旅馆的老婆婆说着"现在太阳还很毒啊"，帮我摆好了木屐。山间和原野沐浴在耀眼的日光中。两三天后在旅馆门口，老婆婆又对我说"您现在真能走啊"。

"是啊，我一直不怕天热，也不怕走路呢……"我笑着出了门。

在东京时也是这样，一天若不走一里以上，整天就会坐立不安。畏惧冬天的我对炎热毫无怯意。见到火辣辣地灼烧街头的午后烈日，炎炎日光刺在我虚弱的肌肤上，心中便涌起一种去走路的冲动。

暑假去大阪，烈日当空，我几乎每天都走在大阪街头。

无论冬夏，我都在汤岛走路，以至于让人感到诧异：在无甚风景可言的田埂或山路怎么能走那么久？天城上下往返约十里左右，我早上离开汤岛，中午在汤野休憩，日暮时分定会回到汤岛。

翻越天城而一日来回，当然是十分夸张之语。但我真的经常走路，我想起年轻时每天都在行走的自己。

这篇《汤岛的回忆》，说来也让人感受到二十四岁的青春气息。我之所以会这般描写大本教教祖入浴等场景，大概是受到年轻的好奇心驱使，还可能出于来到汤岛的年轻的喜悦。不过，也要怪清野少年加入了大本教。

因为清野，我一度对第二代和第三代教祖抱持幻想，又走向了幻灭。

九

"我并非大本教的信徒，但也不是完全无缘之辈。我钟爱的少年的父亲在信徒间地位颇重。与嵯峨深山修行所有关的所有回忆，对我而言意义深远。"

《汤岛的回忆》中亦可见这般文字。从这点可以看出，虽然我描述了在嵯峨深山的经历，但也努力想对大本教抱有好意。

我是在动笔写《汤岛的回忆》的两年前，于二十二岁时的那个八月去嵯峨看望清野的。

两年前的八月，骄阳似火的正午，我在岚山下了电车，进入嵯峨。我去深山瀑布所见之人，是我中学五年级担任寝室长时的室员。他住在我的宿舍时还在读二年级，但前年夏天已从中学毕业，之后便隐居深山。

而在那前年的夏天，我也曾到访过嵯峨，但那位前室员去滨寺参加游泳比赛了，我在他家一直睡到日落西山，未能和他谋面便回家了。因此我上一次与前室员清野见面，还是他在读四年级时的那个七月当上室长时，我重返中学宿舍，在那里过夜。

那年夏天，他们在上嵯峨还有房子，虽说是去深山瀑布修行，但并不是一直闭关不出。今年说是住在瀑布处，我想瀑布应是坐落在村中吧。不料，那里几乎杳无人烟，只有瀑布旁的清野家、附设的修行者住宿处和大本教的神社。我大为震惊，同时也感到不安。

来到门口的前室员身着藏青袴，留着一头长发。这里的男士都留长发，在后颈处一扎，垂到背上。

清野欢喜雀跃地迎接我，他似乎单方面地认为我会待上一星期或一个月。但是山中的空气与凉风仿佛印证着灵地的神圣气氛与修行者的清寂心境，

少年

看来并不是一个能让我悠闲伸足或慵懒入梦的地方。

近三十人的修行者中,多数是二十多岁的青年,他们沉静寡言,一旦开口,就只会以郑重的语言宣扬教义。他们始终以一副心事重重的样子沉思苦想,垂头走路。乍一看,他们脸色苍白,仿佛是肺病或脑疾患者。也许因为他们一直吃那些令人难以下咽的粗茶淡饭而营养不良。我没见到哪双眼睛是清澈而闪闪发亮的。我看到他们在瀑布下忍受冲打,艰苦修行,这般有违自然的山中生活,令我对他们的教法起了疑心。

我的床铺设在清野住的二楼,用餐在坡下的修行者住宿处解决。二十多名年轻人在餐桌边端坐,庄严地拍手,随后闭上双眼,手持筷子。一名愁眉苦脸的青年郑重行礼后,帮我打了饭。

女性信徒有四五人,其中也有青年人。一位据称是来自大阪的富豪千金(一位十七八岁的美少女)帮大家洗衣服或打理男人的和服或准备餐食,她顾不上打扮,勤快地干着活。我从二楼看到她拿着一把大得难以招架的扫帚打扫庭院,觉得不可思议。

女人们都留宿在清野家。

男人也好，女人也好，大家都要干活。唯有我在二楼无所事事地读着大本教的书。早上醒来，屋里一个人也不剩，大家好像都到山上的神社的拜殿晨祷了，朗朗吟诵声流过耳畔。

清野的手足中，姐姐与妹妹均已嫁人，当时还剩兄弟三人留在深山瀑布里。

清野的一位中学友人，只是受过镇魂的新手信徒，恰巧和我同时来到这里。他指着清野家最小的、十二三岁的孩子，问我那是男孩还是女孩。当然是女孩，我回答道，不懂他为何要问这样的问题。他笑着说是男孩。一番争辩后，他说，是啊，谁都会说这孩子是女孩，那么看好了——他站起身来，假装要和那孩子玩相扑，冷不防地把露骨的证据暴露在我面前。我大吃一惊，同时对那男人满怀激愤。

孩子把和服前襟一紧，气呼呼地追打那男人。无论怎么看，那都是个好胜又顽皮的女孩子。并不是他刻意模仿女孩子，而是他激愤到忘我时就越发像女孩，无论是模样、举止和动作，还是声音或

少年

措辞，就是女孩的而非男孩的模样。那孩子和东京十二三岁的女孩一样蓄着齐肩短发，是少女那种光泽润丽的亮发。而且关西方言并不像东京方言那样，在语尾有明显的男女之分，我因此更不可能觉得那孩子是男孩了。

我大受刺激。我在室员的弟弟身上，看到了他幼年时的模样。

十

"我在室员的弟弟身上,看到了他幼年时的模样。若说清野具有女子的性情,恐怕会侮辱对方,这与真实情况也有出入。但这位前室员就像是温润的女子……"

我继续这样写道。这部《汤岛的回忆》是因来访汤岛与逃离东京的感动而乘兴写就的,很多地方都是在这种兴头下思考、叙说的。

相较于《伊豆的舞女》,这一兴头在描写清野少年时更为突出,强加了很多我行我素的解释。然而,在如今五十岁的我眼中所谓我行我素的解释,对于当年二十四岁的我而言大概不能说是我行我素的。如果人生就短短五十年,《汤岛的回忆》正好是记录我前半生的文章。

少年

我写"逃离东京的感动",并不只是文字游戏。为了出全集,我也读了二十三四岁时的日记,当时的糟糕生活让我吃惊不已,甚至难以相信那样的日记和《汤岛的回忆》是同一年写的。

若说清野具有女子的性情,恐怕会侮辱对方,这与真实情况也有出入。但这位前室员就像是温润的女子,在和睦的家庭里闭门不出,从未关心过俗世,也从未有机会接触社会,只是恍恍惚惚地长到十六岁。他怀着这样的性情,出现在中学五年级的我面前,让我大为惊奇。

不仅是心性,他在动作上也偏阴柔。他不动声色地将我脱下后乱丢一气的和服整齐地叠好,放在箱笼里。看到我的衣服上有绽裂或划破的地方,他立马端坐下来,像女人一样灵巧地穿针引线。

如此想来,虽然他那位嵯峨的弟弟因正在上中学,而把脑袋剃得光溜溜的,但也不能说他的行为举止不带有女人味。他们的父亲内心有着难以动摇的信念,这点一眼就能看出。他不仅是位凛然的男子汉，也是一位严肃的修道者，教人不敢与其对视。母亲则是温和善良之辈，没有出格之处。那为何兄弟三人都是如此模样？当时（两年前）在嵯峨山修行所的氛围之中，我把其中一部分原因归于他们父亲自年轻时就拥有的宗教生活与信仰精神，甚至对此感受到一丝神秘的气息，反而为清野少年感到欣慰。我以前就觉得，这位少年是天选的宗教之子。

离开中学之际，我唯恐这位少年在与我分别后会步入迷途，失去心灵的归宿。因为他视我为偶像，完全倾心且全力依赖着我。果不其然，正如我担忧的那样，他彷徨失措，因接触世俗事物而受伤的心一步步向神明贴近。每次读到他倾诉这类事的信，我就会想，果然是要走上宗教之路了吗？在我眼中，他之所以是位幸福的少年，是因为他心中欠缺怀疑物事的能力。读中学二年级的他作为我的室员时，他毫不动摇地信任父亲所信的神祇，但他将神明与我融于一体。我也感觉到，自从我远走东京后，随着时间流逝，原本神我重叠的一体，其中一半已远走，他的心似乎因此而支离破碎。遗留的神明部分

少年

得以强化，借此弥补我的缺席所带来的空虚。就那孩子的个性而言，皈依他父亲所信奉的大本教，是水到渠成之事。

我的中学时代，大本教尚未在世间引起轩然大波，我只是隐约记得"皇道大本"云云的大名。初次造访嵯峨深山时，我打听去清野家的路，发现他家似乎在嵯峨一带尽人皆知，他们告诉我清野的父亲是金光教的大先生。前年夏天拜访时，到了之后才了解到清野的父亲在教徒中地位赫然，以及瀑布附近有修行所等事情。

我在清野家的二楼翻读了大本教教典的释义书与祈祷书，还读了其他宣教书，觉得从宗教来看是没有深度的幼稚东西。但又觉得对某些人来说，教义的刺激很强，确能激发他们的激昂之志。

我和众修行者一句话也未交谈，清野的母亲也没有对我宣讲教义。只有清野的中学友人对我讲了些他自己一知半解的东西。他描述了镇魂归神的场景。清野也在一旁笑着怂恿我："请您也试一下吧。"但没有强求。我微微心动，心想一旦接受了镇魂归神之事，如果没像一般人那样受到施术者的影响，也就是说能够反抗神力的话，这将是考验我理性的大好机会，不过终究还是觉得这件事有些诡异。据说没有人在接受镇魂后还依然不信神的。而且据清野的解释，我自诩拥有很强的理性，归根到底不过是附在我身上的恶灵更为凶恶，执念更深。

每个人都会被恶灵缠身。所谓的镇魂即借助正气神灵之力，把邪恶的恶灵从人类身上驱逐出去。祛除恶灵，神灵附体，如此便有了神明的守护，回归人类本来的善良，此乃归神。方法是首先与施术者对坐。施术者是正神之灵，施术者吟诵大本教的神名，受术者要跟着复诵。不管自己的意志如何，受术者都会不由自主地复诵。受术者的身体将不听命于自己的意志。接着正神便会与恶灵展开问答的较量。施术者询问对方的姓名、住所、嗜好与习惯，而受术者则代替恶灵一一作答。譬如清野的父亲若问"你叫什么名字"，我会高呼一个至今从未耳闻的诡异邪神之名；如果问题是"你喜欢什么"，我便回

少年

答油炸豆皮[1]，诸如此类。接下来正神会借由其神力教诲恶灵，命令对方"远离人体，汝从哪里来，回哪里去"。这与催眠术并非一回事。因为受术者并不陷入催眠状态，而是在意识清醒的情况下，不由自主地表现出与意志截然相反的言行举止，据说在法术结束后受术者仍清楚地记得自己的受术过程。

据说缠在清野那位中学友人身上的恶灵是一只具有神性禀赋的狸，缠在我身上的恶灵则是一只狐，而且是一只执念颇深的狐。

清野少年说得益于修行，只消一眼便能判定某人身上的恶灵为何物，不过还没修炼出能帮人实施镇魂归神之术的功力。

就我而言，则要请他人施与镇魂，让我知道那百般折磨我又使我沦于邪恶的恶灵是什么东西。我依靠前辈施术者来借助神明之力，唤醒体内的本性与守护神，增强力量，是踏出祛除恶灵的第一步。

---

[1] 日本民间传说中认为狐狸喜欢吃油炸豆皮。后文提到缠在川端身上的恶灵为狐。

继而便能依仗自我萌生的善性与神力对自己进行镇魂，战斗不止，直至击溃恶灵。如此这般，我会成为大本教所寻求的堂堂正正之人，成为神之子。这是修行的初阶。

苍白而抑郁的人们徘徊在这第一关门前，困守在这山中，依靠自身的信仰，在清野父亲的指导与协助下战斗，努力走近击退恶灵的神性。据说开悟的瞬间和悟禅过程是一样的。

在我思考大本教是否有让人如此苦修的价值之前，嵯峨山修行所的青年人忧郁的样子已让我黯然神伤。但一看到清野少年，便觉得他天真无邪。清野全家人都有着明亮而温和的脸，全身充满安宁的喜悦。我一听清野少年讲述他自己的信仰与大本教的奇迹，都觉得像是在听小孩子讲童话故事。他从石崖上摔下却完好无恙，我拜访他在嵯峨的家，经他一说皆是神迹。他说了各种各样的话，还给我看了御土米。

据说那是在绫部还是哪儿的山中，从神谕中得知的某一秘藏的灵地里，谨遵神的意志，而非自然

少年

生长出来的东西。是谷粒样的土颗粒，带着泥土干了之后的颜色。御土米堆满了一大纸箱，粒粒精致美丽，大小一致，让人觉得即使机器也不一定能做得如此整齐。若这些是天然土粒，那当真是不可思议。若日本有一日因国难而板荡，骇人的饥荒肆虐，粮食匮乏，饿殍载道。那时，只有大本教教徒能靠每日吃两三粒神明恩赐的御土米，幸获生存。当灾难降临之时，神明在人间筛选良莠，唯有一心向神之人才能存活，最终只有大本教教徒才能救国于狂澜，只有大本教教徒才能成为熠熠生辉的新日本世界的国民。这是世界的重生。

我吞服了四五粒药丸状的御土米。果然是山土的味道。也许因为我不是信徒，也许因为目前尚不是国难之际，我还是很饿。

第三天早上，我向刚结束晨祷的清野少年道别，逃离山中。

与周遭格格不入的我在这里没有立足之地，大本教的氛围让人苦闷。我决定，即便以后再来看望清野，自己也不会爬到深山瀑布，而是让清野下山来，在山涧旁的旅馆会面。在瀑布的修行所根本无暇畅谈，也很难将清野的心情引回中学时代。我并非对大本教本身感兴趣，只想摸透信仰大本教的少年的心迹。他的虔诚之心让我羡慕，亦荡涤我的心灵。如果大本教是邪教，我也许应该努力把走火入魔的他唤醒，不过我似乎力所不逮，也不能轻易咬定必须那样做。

清野少年并非为了消解心中的苦闷而求助神明，也不是一度叛逆后拜倒在神明前赎罪，而是他父亲信仰的宗教自然而然地流入这孩子身上。在修行的途中，他大概不会遭遇邪念的阻碍或怀疑的执迷吧，该会在光明平坦的大路上快步向前吧。不如说，他是无须修行的信徒。他无须通过修行的百般磨炼而攀登至更高的心境，只要以信仰来支撑他天生完美的心境，使其免受玷污就可以了。

聆听着清野将信仰娓娓道来，我既没有感受到任何压力和强迫，理性上也没有排斥感。我面前的这个人确实是个偏执狂，他深信的东西在我眼中只

少年

是无稽之谈，但我没有感到他心中那应有的顽固与死板。他只是向我报以开朗快乐的微笑。虽然他的微笑中夹杂着一丝诡异，少年那一尘不染的信仰之心仍向我流淌而来，我几乎心甘情愿地被他的虔心，而非他信仰的东西感染了。

看着清野少年被瀑布冲打的样子，我受到神灵的启示，睁大惊异的眼睛。

修行者奉行不用热水沐浴的戒规，选择在瀑布与溪涧中齐戒、沐浴和净身。瀑布落在阴暗的树荫中。我带着柯达相机，但即使在盛夏正午，用五十分之一秒或二十五分之一秒的快门仍拍不出瀑布的样子。瀑布的水量相当大，高度或许不到七间。我前脚刚到，清野就以天气太热为由，邀我去瀑布。他戴着橡胶泳帽之类的东西遮住长发。

据说大本教教徒蓄长发的原因是他们相信良善神明会从头发进入身体。而邪神会从指间潜入，于是清野教我能祛除邪神的结印手势。

甫一接近瀑布，我便感到肌肤寒凉。坐在树荫下的凉亭里，瀑布声声入耳，我顿失下水之意。

朗朗祈祷声响起，足以摇撼水流之音。啊，少年身后闪着光芒。他端然坐在岩上，闭眼让瀑布打落在身。全身共鸣着他吟唱的祷语，双手合掌紧贴胸前。合掌的手臂时不时直直向前刺出，那正是把从指间潜入的恶灵驱逐出去的姿势。

我总想着少年的背后有光芒将他包裹起来，细想一下却也平常。只是瀑布的飞流打在他身上，细小的水花在他四周画出一圈白色的朦胧光晕。然而，他的身体以优雅的姿态与精神合为一体，静静地一动不动。那濡湿的脸庞满是愉悦，呈安详神色。那是慈悲平和之像。没有流露出一点儿苦修的意识与修行的肉体苦痛。没有想借助苦修来逃避迷惘的成见，也不见因苦修而达成更高心境的喜色。那是接近于人之初的天真的自然之姿，确实庄严神圣。我因初次目睹可称为灵光的事物而深受感动，不禁肌寒战栗。我随之感到一阵强烈的反抗，试图强行撑起自己的精神。

清野不是很久前就皈依于我的吗？但在瀑布水花形成的背光映照下，他那身体与脸庞上呈现出的

少年

精神之高洁,远非我能够企及。我在大感震惊后,心中立刻涌起阵阵妒忌。

少年离开瀑布来到我身边,仿佛忘记了刚才被瀑布冲打的事情,盈盈笑着。此时的他与瀑布下的少年判若两人。虽然后来又被邀请,我却再也没有去瀑布那里。

我离开时,清野少年一路送我到小丘般巨大的岩石一角。他坐在岩上,远远目送我沿山谷而下。

十一

之前已提及,《汤岛的回忆》中回忆清野少年的部分,其文笔并不像《伊豆的舞女》那般流畅工整,现在若将其按小说体裁整理,我也觉得不甚自然。《伊豆的舞女》几乎完全脱胎于《汤岛的回忆》,天生便有了小说模样,而这篇《少年》即使成不了小说,我依然希望它能尽可能反映《汤岛的回忆》的原貌。

《少年》汇集了我中学时代的日记、第一高等学校时代作为作文的书信以及大学时代的《汤岛的回忆》,再由如今五十岁的我添上三言两语,将它们结合在一起。

嵯峨访问记以清野"坐在岩上,远远目送我沿山谷而下"暂且告一段落。

少年

接下来是清野少年的存在对于我的意义或感化之类的东西，写得佶屈聱牙，又任性自我。这部分暂搁在后面，先将与清野的信仰有关的文字挑选出来。

在中学五年级的那个四月，我发现清野好像信仰一位我没有听说过的神明。当时他来宿舍并没多久。

那天我发着烧睡着了。约是凌晨两点后，因发热而从浅睡中迷迷糊糊醒来。一醒来，就听见清野在反复低吟着我听不懂的话。正因为这声音，我的睡意越发浅。我微微睁开眼，发现清野正与另一名室员坐在床头，看来他们是在照顾我。清野念念有词，双手合十，身体摇来晃去。我立刻闭上眼睛。他们两人都没有意识到我醒了。

"利利霎霎，利利霎霎，利利霎霎，利利霎霎……"

这样的动静，想必是在发出保佑祈祷之声吧。

清野是如此认真，另一名室员似乎也笑不出来了。

若我蓦地睁开眼，让清野知道我听见了他那神神道道的祈祷，就像是撞见了他的秘密，让他失去颜面，于是我始终不敢动。当他们帮我替换额上的湿手巾时，我才睁开眼。

翌日，清野和我都没有提及"利利霎霎"的事。即使我有几分疑窦，他那至诚的热心模样及为我祈祷的行为，还是让我心生好感。"利利霎霎"的声音不时回响在耳际，我只能独自苦笑。

直到我们十分亲密之后，我才探问"利利霎霎"是什么。清野并未露出不悦之色，也没有显出困惑，只是若无其事地笑道，那是向你不熟悉的满怀慈悲的神明的祈祷，承蒙神明开恩，你的病痊愈了。

后来，他渐渐向我透露那位神明。说的时候既没什么条理，也没有完整的故事。我拒绝承认神的存在，与他唱反调。此时我对清野信奉的神以及神的教义尚不清楚，所以并不是攻击他的神。我也没有落到一般无神论的境地，只是纠结于无聊的歪理，故意找碴儿。他被逼得没法，就推脱说自己没有能力说清楚，欢迎我到他家做客，和他父亲交流探讨一番。

少年

　　而且，清野好像很难理解我不相信他所信奉的神明这件事。他似乎觉得这总有点不大自然。他只是觉得时机尚未成熟，而那一刻终会到来。清野认为，相信那位神，为那位神效力，是出类拔萃且堂堂正正的人类的唯一出路。因此从他的角度来看，我应该是为那位神明而生的人。最终他说出了心声：您是神选之人。您还未发现自己应是为神承担大任之人，但总有一天会明白。清野说我是神选之人，话中既无挖苦，也无执拗，而是童心的流露，是直率的笃信，是爱与敬意的体现。就是这些让我觉得，清野好像把他的神和我合为一体了。我不禁想，他是否在不知不觉间，把我安放在那神座上了。

　　我去了东京以后，才知晓清野的信仰被称为大本教。

　　我去拜访嵯峨深山时，清野气定神闲，没有冒进地试图将神与我关联起来。光从这一点看，他已远离了我而更接近神明了吧。不过，他也深信我有一天会疾驰而来，在大本教神社参谒神明，现在只需安心等待。

无论如何，一如念诵"利利霎霎"时，如今清野应该仍愿为我祈求多福吧。神会欣然应允的，正是他那样的人的祈祷。

如此说来，就算现在我不信奉大本教，在神谕所预言的世界重生之际，受惠于清野的祈祷，我区区贱身也定会在神明保佑下得以安享太平吧。

文章以如此风格走笔，掺杂了些许插科打诨的话。

然而，我之所以对第二代与第三代教祖入浴抱有异常的兴趣而大书特书，也是因为清野的关系。我其实对大本教从未真正关心过。

信笔所至，接下来的一段依然掺杂着戏谑之言。

在天城之麓的汤岛温泉，我与清野他们的人间活神——第二代与第三代教祖意外邂逅，实属偶然。这不也是冥冥中的某种因缘吗？清野一边忍受着嵯峨深山的瀑布冲打，一边为我祈祷，莫非是那祈祷之力的功德？自从我频繁在此地歇宿后，这家旅馆的主人一家也成了大本教的虔诚信徒。

十二

自从清野坐在嵯峨深山的大岩石上，远远目送我沿山谷而下后，我再没见过他。那是大正九年，我二十二岁的那个夏天的事了，距今快三十年了。

清野和我在中学宿舍里生活的日子，是从大正五年的春天到大正六年的春天，当时我读五年级，清野等室员则读二年级。

关于那段时间的日记，前面已摘抄过大正五年十二月十四日和大正六年一月二十一日的部分，我将在这里把出现清野名字的日记再挑选出来。

日记从大正五年九月十八日开始。十一月二十三日的日记如下写道：

"昨夜上了床，两人一言不发就入睡了。

"微暗中猛然醒来，自己攥着清野温暖的手臂。我左臂一侧已感到从清野身体传来的一阵阵温热。他毫不知情似的，抱着我的手臂酣睡。

"入睡前缠绵，醒来也缱绻，如此已十日。"

据此判断，可知与清野的这种行为，大约从十天前便已开始。

九月十八日的日记并未提及清野的名字，但这天是这部日记所记载的首日，便抄录在此。

日记的记录日期从九月十八日一跃而过，跳到十一月二十三日，其间没有记录。

大正五年九月十八日

晴

闹钟没有响，睡过了头，勤务员前来催起。

小泉穿着睡衣下楼去摇起床铃的时候，我前往冷水浴场。

月亮高挂天空，月光皎洁。

少年

七时四十分到校。

我没有去上体操课,而是趴在宿舍的榻榻米上阅读《法兰西物语》[1]。

今天也是一早就来上学,但到底得到了什么呢,一想来就觉得悲伤难耐。在学校的教育下过着异教徒般的日子,但也拖拖拉拉熬了五年,眼看就要毕业了。明知自己真实想要的是放弃这种生活,但因自身天赋贫乏或难堪大用,又怀有一颗只求生活平安而畏惧争斗的懦弱之心,我在踌躇中一路妥协至今。若以时至今日所花费的金钱、时间与劳力,独立行走在自己的道路上,一定、一定会达成什么目标,成为更可靠的自己吧。

但很快就要从这种生活中解脱出来了。

若继续这样的学生生活,最终是否落得同样的幻灭?我被一阵不安所笼罩。

啊啊,我真想燃烧掉上苍赋予的生命的一切。

---

[1] 日本作家永井荷风以法国游学时的经验为原型而作的短篇小说集,于1909年出版。

今晚星空璀璨。

乳白的银河玉带横跨夜空正中央。

在灯火熄灭的宿舍窗畔,我凝望着今夜分外明亮的北十字星。

　　花袋[1]

韶光悄然流逝。

而流逝的韶光之声清晰

可闻。

正是那声音。

正是那声音。

大正五年十一月二十三日

晴

我周围的众少年看起来就令人生厌。每个人的眼眸中仿佛闪动着轻蔑的光芒,让我难以忍受。甚

---

[1] 日本著名自然主义作家田山花袋(1872—1930),代表作《棉被》《乡村教师》。此处引文出自小说《毒药》。

少年

至有一股"早晚等着瞧吧"的敌对情绪,在我心中生出,自己好像成了沉默寡言、郁郁不乐的人。一想到这一切都来自自己那受虐的胸怀、乖僻的心性,便羞愧难当。遇见单纯、诚实之人,便自然对自身感到悲悯。我这颗生性多疑又敏感的心,已无法回到少年之心了。

就连那些曾让我如此信赖又疼爱的室员,也变得无聊起来。这到底是怎么回事?

昨夜上了床,两人一言不发就入睡了。

微暗中猛然醒来,自己攥着清野温暖的手臂。我左臂一侧已感到从清野身体传来的一阵阵温热。他毫不知情似的,抱着我的手臂酣睡。

入睡前缠绵,醒来也缱绻,如此已十日。

清野只是想帮我焐热那冰冷的手。仅此而已。

正欲吃早餐,有电话打来是找清野的。清野说祖母去世了,他必须还乡一趟。

回到房间,与杉山一起把包在其收到的包裹外面的旧国旗系在竹竿上,伸向窗外。

订购了和服外褂。散了步。

清野回家去了。

我能以舒畅的心情看待室员了。

总觉得心神不定，便带着室员小泉去千里山。先前从走读生Y那里听来传闻，因此想见见医院的那名少女，不料散发着崭新木香的医院大门紧紧关着。今日休诊。回来后已是中午。

脑袋迷迷糊糊。躺在草地上沐浴着温暖的日光。

回到宿舍，重拾读了一半的《死亡的胜利》[1]，又试着翻开了《复活》，但都读不进去，这时正好S来了，便一起外出，去了T书店。还掉了欠款，但还是很难喜欢这家店。

一年级的N来到店里。我满怀感慨地注视着他。N是人间尤物，美得让我挠头揪心，让我想哭。

不久N也会迎来青春期，如今的美终会凋落。我也会从N和其他少年身边离去。凝视着眼前如此的美，想着与他没有因缘相识，且很快就要离开这

---

[1] 原名 *Il Trionfo della Morte*，意大利诗人及小说家加布里埃莱·邓南遮的主要作品《玫瑰三部曲》之一。

少年

座城镇的自己,心中万般寂寞。N一直萦绕在我的脑海。然而对N来说我算什么呢?在众多美少女的眼中,N想必是非常可爱的。如今若有什么能诱致我走向毁灭,那便是丑陋的悲哀。

晚上我没有去听演讲,而是铺好床睡了。

清野还没有回来。小泉睡在我旁边。我像和清野在一起时一样,摩挲着小泉的手。

大正五年十一月二十四日

星期五,阴

洗了冷水浴,之前已经两三天没有洗澡了。

又是阴晴不定的天气。

读白鸟[1]先生的《死者与生者》。

去邮局取出七元,付货款给定制和服外褂的万嘉。

散步返回途中,与H顺便去了足立粗点心铺,

---

[1] 正宗白鸟(1879—1962),日本作家、剧作家。代表作有《到何处去》《港湾一带》。

室员小泉与杉山也过来了。

整理书籍。心神不定。

就像昨天之前我一直被一年级的少年N吸引住一样，我的目光又投向了同为一年级的少年M。

昨日中午时分，在宿舍的老自习室举行的展览会上，我发现一张美丽的面孔。他将帽子的帽檐儿压得很低，隐约露出眼睛、眉毛和额头。今天他没有戴帽子，我看到了他的脸颊，他是走读生，名叫M。令人悦目的是那张玫瑰色的脸颊。我第一次看到如此明媚鲜妍的脸颊，他大大的眼睛与浓厚的眉毛被玫瑰色映衬着。他身上还残留些许孩子的调皮感，尤令人爱怜。

之后我在街上看到一位面容姣好的少女。她装束平平，戴着眼镜，还抱着一个小孩。（听到医生女儿的事后，我就经常注意戴眼镜的女子。）

然而，这些事情到底会带来什么呢？看到略带美感的人或事物时，我的心中究竟浮现出什么？

为什么我如此不堪？

阅读了《新潮》杂志上对《受难者》的批评。读

少年

了赤木桁平的评论后,我想在遇到自己心爱的女子之前,要守身如玉。

大正五年十一月二十五日
星期六,雨

　　昨晚清野回来了。

　　我对该室员的心正摇摆不定。

　　也许真挚的爱已经远去。那位我想像亲弟弟一样加以宠爱,并希望他心中只想着我一个人的少年已不在了。正如我的兴致阑珊,一想到我的室员对我的兴致同样也在消退,我就感到寂然。毕竟我还是希望他们能想着我。

　　读了田山花袋先生的《山庄孤影》[1]。

　　不知为何,无法在宿舍里静心读书,而散步归来后,仍坐立不安,于是约了片冈君一起去理发。

　　中午时分开始的降雨让路上到处都是水洼。

　　在理发店借了毛巾和肥皂,与恰巧前来的中

1　日文原题"山荘にひとりいて"。

泽君一起飞奔至最近的澡堂。一身清爽，三人结伴回来。

走到校园门口，正要独自回家的白川盈盈笑着，摘下帽子，低头致意。我们三人不约而同地看着对方，呆呆站在原地。不知道他在向谁敬礼。

白川是全校第一美少年。我没有见过比他更英俊的少年。他比我们低一年级，为人严肃认真。他原本一直在我的幻想中现身，但自从白润的脸庞上冒出两三粒小粉刺后，我便觉得其美貌已凋零，渐渐淡忘了他。不过我还是头一次像今天这般，被令人恍惚失神的少年之美所打动。

晚上读了一点生田长江先生翻译的《死亡的胜利》。

此刻开始，再把欠田君的习作《再生》重读一遍吧。

耳边传来尺八的如泣如诉之声。

雨声已止，但外面晦暗不明，书匣的形状清楚倒映在玻璃窗上。

少年

大正五年十一月二十六日
星期日，雨

　　未能感触到室员温暖的胸膛、手臂、嘴唇便睡去，倍感孤寂无聊。

　　清野看上去还是非常单纯。

　　"我没有什么事是只藏在心里，而不说出来的。"有一天他突然说道。

　　"真的吗？真的吗？"我不停地追问。

　　"真的。如果只是放在心里不说出来，我会担心到连自己也受不了。"

　　清野就是这样的少年。虽然死不服输，但是个老实的孩子。

　　"我的身体都交给你了，随你怎么处置吧。要杀要放，都随你便。把我吃掉，还是养着，真的全都由你做主。"

　　昨晚他也泰然说出这番话。

　　"就算这样搂着，醒来之后不还是要分开吗？"他说着，又使劲抱着我的臂膀。

　　我心中涌起万般怜爱。

夜半醒来,清野那略显呆滞的脸便浮现在眼前。一旦缺乏肉体之美,无论如何也唤不起我的憧憬。

空气温热,昨夜开始的雨濡湿了整个校舍。

洗了冷水浴回来,寝室内飘荡着恶臭,几乎让人无法呼吸。定是杉山那可悲的恶习,床铺在他旁边的小泉好可怜。

为什么注意力变得如此涣散呢?完全无法静下心来。别说提笔写作,连专心读上十页书都做不到——落笔写这篇日记,头也一阵阵地跳疼。我拼命摇头,用拳头奋力敲打脑袋。

在街上溜达一圈后回来,面对着书桌,只是苦闷着。不知如何才能慰藉愁烦,担心自己可能会发疯。

把各色书等扔到一边,读了两三部宝冢少女歌剧的脚本。

下午和H君外出,昨天托人修补的帽子已经修好,便戴着它回来。

星期天一整天雨水连绵不断,连木门都因潮湿而变得沉重,开门和关门都变得困难。

少年

晚上,读小剑[1]先生的《二代目》,书中春日切指那部分令人不忍卒读。想着如何对付这剧烈的头痛,只能胡乱地摇着头。

不知什么原因,我只要读到关于手术或受伤的描写,就会发疯似的觉得自己受到威胁。这样的描写会一直萦绕在脑海中。小山内[2]先生的《信札风吕》中手指被切断的场面,镜花[3]先生写的一些东西,都清清楚楚地印在脑中。

更不要说看到原物了,到时我的内心得面临多大的恐惧啊!

夜晚,已两三天不见的星星闪闪发光,预告着明天的天气。

今宵由衷地爱慕着清野。

清晨醒来,遭遇了罕见的地震。

---

[1] 上司小剑(1874—1947),日本小说家。
[2] 小山内薰(1881—1928),日本剧作家和小说家。
[3] 泉镜花(1873—1939),日本著名小说家。作品富有神秘的浪漫主义色彩,代表作有《高野圣僧》《外科室》《歌行灯》。

大正五年十一月二十七日

星期一，阴

　　像这样写了总共十几张稿纸的日记，都放在书桌抽屉里，众室员都知道此事。他们的品行都比我更正直，应该没什么问题，但不能保证他们不会一时好奇。而且，说不准朋友可能会为了某事而打开我的书桌抽屉，这样想来不禁惶恐。如今的我，连把这些日记给身边最亲近的人阅读的勇气都没有。像这样继续写下赤裸裸的自我，若被人看到的话，于我来说可不是什么光彩的事，我甚至觉得很危险。室员中，我信任清野和小泉，但一想到杉山偷偷读了以后肯定会摆出一副若无其事的嘴脸，我就心里直犯怵，必须想出应对之策啊。

　　起来打开窗户，乳白色朝雾的细微水珠逗留在手上，令人神清气爽。

　　第二堂课是伦理课的考试，我们可以翻阅教科书，但必须以写论文的方式来回答问题。我以"我认为……"的形式，洋洋洒洒写了一堆自己的想法，

少年

总觉得上下文不够连贯，想不出合适的语言来表达，同时感到前后部分的逻辑似乎也存在矛盾，回答得委实不够全面。然而，我毕竟愉悦地作答了。只是若不迎合旧道德，就很难达成齐藤老师要求的结论，这让我伤神。

下午三点半，在泽田钟表店，我拿起一块沁凉又令人舒畅的银制物件，意识到自己正兴奋地盯着它。我是被雕刻有别致纹样的小小银表所吸引，难以抑制心中骤然燃烧的欲望，一心一意地一路急赶过来的。

然而，店里的小型钟表中，并没有我中意的那款，店家给我看了大一点的表。一只华美的银制镶景泰蓝表让我眼前一亮，它是价钱最贵的。我对自己的虚荣心无能为力，必须选最高价的东西是我的恶习也是我的本能。

我为那只表加了一条挂有金属牌装饰的皮绳。

我照一开始就谋划好的，把存折与印章交给店主，请他代我去邮局把钱取出来。尽管我一而再、再而三地求情，他就是不肯，不得已我只能亲自去邮局。十一月的上旬以来，我已经取了两次钱，分别取了三元和七元，今天要去取十四元二十钱。我于心不安，对邮局的人有所顾虑，很不好意思见到他们。

电灯亮了后，我才离开钟表店，刻意远远绕开堤防，时不时将那表偷看一眼，满怀喜悦。下了坡道，遇见了大口君，急忙把表藏了起来。

晚上，和服铺把做好的和服外褂送过来了。这件外褂里也藏着我的千千思绪。

五十元的存款、睡衣、和服外褂与银表，一个个都有如孤儿的象征，让我泪眼婆娑。祖父不在后，我能自由支配的遗产便是祖父留下的存款——他那藏起来的五十元劝业债券。

大正五年十二月一日
星期五，晴

忙着写要提交给学校的"学生日记"，因此没有时间详细记录这部日记。

日历上的冬天已来临。

少年

上次买的表无论如何走得也不准,因此我抱着退货的决心去了一趟泽田钟表店。店主不在家,我就说那我先把东西留下。店里的人说会送来一模一样的表,若不行的话,则会把这个修好,请君耐心等待。若是后者,我会想办法拒绝,还不如直接去大阪,买一个更有品位、更昂贵的。

我真的喜欢上了清野。

我说:"当我的企鹅吧。""嗯,好啊。"他回道。

大正五年十二月二日
星期六,雨

一点都没有复习,但英语语法考试考得还可以。

回宿舍后,又去了一趟惦记的泽田钟表店,但去大阪的信使还没有音讯。

去了澡堂。像我这般喜欢泡澡的人应该很少吧。洗完澡便去附近的一家乌冬面店,吃了猪肉乌冬面和猪肉热锅。一个有点邋遢的小孩不客气地走进屋,我与这孩子东扯西聊,一下子亲近起来,于是把乌冬面和猪肉放在掌心,又移到碗盖上给他吃。他狼吞虎咽的样子真让人伤心。问店里的人，他们说不知道这小孩是哪里来的。

在雨伞下，一边读在岸本书店买的《新潮》和东京寄过来的《文艺杂志》，一边走回宿舍。

杉山回乡了，只剩下清野、小泉和我。感到空气中有着一种莫名的柔和感。也许因为杉山的恶习形成的臭味一直在他四周久久不散，我实在没法喜欢他。那清野和小泉呢？我想与更加燃烧着爱的少年营造我们的空间。

虽然不得不解决"学生日记"这个燃眉之急，但今夜我只想在闲聊中度过，小泉也来了，大家围坐在火盆边。

大口君来了，说有事相求，给我看了一封信。他住的街区里有一名姓河内的僧人，信是僧人之子写的。我曾拜托大口君向这位少年借了大量小说，也知道他沉湎于文学，并不甘于继承寺庙的命运安排。

昨天大口君收到这封信，K君与M君等人好一番吵闹，在课堂上M君代写了回信，因此我以为多半是女生写来的信。相信他一定也会给我看的，便

少年

一直等着。不料却是男生写来的信，我略感失望。

展信一览——那位姓河内的少年写道，在某秋日夜阑，凝视着自己那"天真无邪、尚不谙男女之情的妹妹"的睡颜，按捺不住要给大口君写封回信。"若是纯真的爱，若是把她当作妹妹看待的爱，我会欣然认可你这位最好的朋友对我妹妹的爱。我明白爱慕年轻女孩的一颗心中，不可能不伴有黑暗的欲望。然而，我真心相信你。你若是一心一意地爱着她，我绝不会不通人情地对你指指点点或说长道短。"

而大口君拜托我的事情，是他承诺要借给河内《受难者》一书，因此希望我能借给河内。我勉强答应了他。

我想大口君的爱里，好奇心似乎占了多半。那个妹妹是什么样的女孩？我想见见。总之我羡慕大口君的勇气，他做事真果断。既然他已向心仪女孩的哥哥表明了心迹，他打算如何背负责任呢？他给一众朋友看这封信，还让人读代笔的回信，如果河内与他的妹妹是认真的，那他们着实有点可怜。就河内而言，究竟信任大口君到何种程度，有多重视妹妹，又是如何思考爱情的，这些我都不清楚，但总觉得他这么做至少不负责任。

我何时才有勇气向他人表明自己的爱意？真悲伤啊。我不希望大口君的爱情会修成正果。这是嫉妒吗？

晚上，清野在右，小泉在左，我要拥着他们的手臂入眠。

大正五年十二月三日
星期日，晴

我的心被钟表一事所扰，忐忑不安。

一用完早餐，我就带着关于《徒然草》的账单和我的存折去虎谷书店。看上去店主刚起身，他说店里缺货，会帮我订购。

朝雾在街头缓缓飘荡，清爽宜人。钟表店仍大门紧闭。愁绪如麻，我决定在他们开门前先去散个步，于是踏上了通向T村的田间小路。一路无行人，只遇到从河内那边过来的载满红薯的车。

我挺着胸大步向前走，喜悦自深处涌流而出，

少年

心中也振奋起来。今早已寄出索求入学规章的信件，慎重地思考起"一高"入学一事。很久前就决定去读三田[1]或早稻田的文科的我，突然志在东京帝国大学，并想到了"一高"。昨晚以来我蓦地产生了对向陵[2]的憧憬。

散步约三十分钟后，回到泽田钟表店。过了一会儿店主人起身出来，对我说据传大阪也没有同样款式的表，请谅解。于是我又把原先的表带回来了。

在堀书店用现金买了托尔斯泰丛书中的《伊凡·伊里奇之死》。现在我身上只剩下二十多钱了。

写"学生日记"。

下午，因为钟表的长针和短针不能准确指时，想调试一下，结果在摆弄中指针啪地断了。不好意思去泽田钟表店，于是去了石井钟表店请人帮忙。

S君约我出去，吃了小田卷蒸[3]和鸭南蛮[4]，也洗

---

1 庆应义塾大学校址所在地。
2 旧制第一高等学校的别称，因校址位于东京都文京区向丘而得名。
3 大阪市特产，用乌冬面与虾、蔬菜等制成的茶碗蒸。
4 鸭肉与青葱盖浇的荞麦面。

了澡。

明天有立体几何的考试，宿舍熄灯后我又去图书阅览室学了一会儿，随后在办公室和N先生一直聊到十一点左右。

大正五年十二月六日
星期三，晴

早上，给京都的M先生寄了信。

欠田君为我把《莫泊桑短篇小说集》带过来了。

地理课考试，允许查看教科书，相应的题目非常难答。

我用功学习代数，国语课也老老实实听讲，历史课也很认真，因为决心要报考"一高"。

吃过午饭后，教室里有十二指肠蛔虫的预诊，我蒙混过关了。我的室员疑似全部都有问题，得做粪便检查。

权当为了学习而做的运动，我准备好洗澡的东西后便出门了。

仔细观察了一圈澡堂，发现周围没有认识的人，

少年

没有青年人,也没有女人,我才头一次从容地将自己的身体映在镜中。

肉体之美、肉体之美啊,容颜之美、容颜之美啊,我是多么仰慕美啊。我的身体依旧苍白无力,脸上也不带一丝青春气息,黄而浑浊的双眼充着血,发出锐利的光。

去了虎谷书店,诚惶诚恐地领取了青木与佐野合著的《徒然草新释》,告诉店主我于几天前已向舍监请求过,便逃也似的离开了。上次借的《新潮》也好,《徒然草》也好,对我的话术,书店会怎么想呢?

去了趟百濑租书屋,借了柳浪[1]的《今户心中》和虚子[2]的《俳谐师》。

晚上,查阅了进阶第四读本[3]的第一课与第二课,也做了代数题。

杉山今晚也在熬夜读书。

---

[1] 广津柳浪(1861—1928),日本明治时期小说家。
[2] 高滨虚子(1874—1959),日本俳人、小说家。
[3] 原文为"ステップ第四読本"。

大正五年十二月七日

星期四，晴

昨晚，我深深感到必须真挚地爱自己的室员，更坦诚地活在室员的心中，更为纯粹地将他们抱在怀中。

今天早上也是如此。清野的胸口、手臂、嘴唇与牙齿在我手上的触感真的可爱无比。给予我最多的爱，无论如何都会容许我的一切的人，就是这位少年吧。

生方敏郎氏又寄来明信片，是用钢笔草草书就的，上面写着：七日下午四时始，在大阪高津神社内的梅屋将举行《文艺杂志》联欢会，敬请拨冗参加。我极度喜悦，十分想去。就算不上汉文课也要去，想着要身穿有袖兜的棉袄与新做的和服外褂去，还想着要不要从邮局取些钱再去，急急忙忙出了教室。想对稻叶先生说因家中有事，请允许我回家一趟，正迈入教员室时，我又考虑了片刻。与参加联欢会的人谈话的我是多大年龄呢？尤其是我有多少学识呢？更重要的是，我的风采和容貌如何？……

少年

我琢磨着是不是发个祝贺电报就作罢,但意识到自己身无分文,便打消了这个念头,决定还是等生方先生回到东京后再写信给他。三点左右,我已把这件事抛在了脑后。

第一节的体操课结束后,甲组的U君叫住我说:"你等一下。"他说:"听闻东京的中学生和女学生聚在一起准备发行文艺杂志,你要不要也成为会员?"我欣然应允。

我对于"一高"的热情越发高涨。

夜晚月色如水。

(大正五年十二月十四日的日记前文已抄录,此处不再赘述。)

大正五年十二月二十三日
星期六,晴
回家探亲

当长假渐行渐近,孤儿的悲伤便慢慢地渗出来。

岁月更新,直到来年七日才能与室员重逢,昨晚大家各自拿了零食聚餐。早上我与清野拥抱接吻。

英语课上，仓埼先生公布了第二学期的英文成绩。阅读与翻译得分九十分、英语作文会话得分九十一分，我只比U君逊色一两分，在乙组中属优秀。

体操课上贴出"赤脚武装集合"的告示，随着杉本先生一声令下，我们进行了中队训练。先生对军队事宜一窍不通，真难为他了。

吃过午餐，迎来了结业仪式。

结业仪式后，有原校友即现就读于海军兵学校的某人的演讲，我没有听便回到宿舍，收拾参考书与衣物。

小泉搭乘两点发出的那班火车回去了。

我不在寝室时，清野也走了。

我也不是赶不上那班火车，只是自己磨磨蹭蹭的。

大家都回去了，四下寂寥。我决定先回家，明天再来搬运石棺，便穿着有袖兜的和服长裖（已在信里说是在津之江[1]得到的），揣着景泰蓝怀表离开

1　川端康成祖父的妹妹居住的村庄。

少年

宿舍。

途中与片冈君碰头,一起来到车站,那里挤了很多先到的人。我带了三个包袱乘车,好似要和大家结伴远赴遥远的国境尽头,哀愁袭上心头。

我在下一站下车,泛黄的西方天空下,我乘人力车在旷野上疾行,把徒步的中学生甩在身后,回到了舅父家。

入家门后刚靠在火炉旁,便向大家展示我的怀表与外褂,还拿了刚欠下的五钱车费。

曾给家里寄了信说自己想去"一高",但还没收到回复,只能沉默无言。尤其是我在表兄面前觉得难以启齿,想起我的"一高"志愿还有变数,就忑忑不安。

为了打发无聊时光,我整理行李,并按照每次探亲时的惯例,去里面六叠[1]的小屋,向养病的外婆请安。我总是能从外婆那里打听到一家人对我的不满。我虽然怕知道,却又一定要知道。今天我想知

---

[1] 在日本,1叠约为1.6平方米。

道他们对我信件的反应，但外婆似乎并不了解这件事，只是告诉我种吉之死和村里的一些逸闻。

晚上也没人提及"一高"之事。

钻进被窝后，向表兄询问H中尉[1]的近况，只听说他今年还是未能考上陆军大学，已决意放弃，今年将晋升大尉做中队长，就这样过完一生。

大正五年十二月二十九日
晴，雪融

连续几夜，难以安然入睡。

和昨天一样，一大早众佃户便把米袋搬到院里来了。

舅母似乎头痛欲裂，她急剧消瘦，一直卧床。

外婆唤我去她的房间，给我一元钱，吩咐我去今日町帮她买点冻疮膏、草纸、豆包和罂粟菜包[2]。我答应今天从学校回来时帮她买。

---

[1] 前文所述早逝表姐的丈夫即骑兵中尉本川治郎。
[2] 一种用罂粟花和黄豆粉制成的点心。

少年

　　我写完昨天的日记后，假装去厕所，跑进了舅母卧病的房间，帮她按摩。我使出全身力气，舅母似乎舒畅多了，对我说了很多感谢的话。

　　翻看了一些《徒然草》。

　　早上表弟骑自行车去街上的银行，随之就跑到大阪去了，直到很晚才回来，全家人都担心不已。

　　在外婆的催促下，我一个人吃完早餐，问表兄借了一元五十钱的参考书费，穿上外褂和裤出了门。

　　原野上的雪尚未完全融解，融雪后的泥泞也让人生厌。

　　在车站遇到欠田君。他说去学校看成绩，顺带着买杂志，回家前还要去趟大阪。很快就谈到文学的话题，说起各杂志新年特刊的传闻。

　　欠田君说他一直坚持要去东京，结果他的亲戚大张旗鼓地开会否决了他的决定，他现在对前路感到很迷惘，也提到了清水君的事情。据说清水君在认真准备《朝日新闻》悬赏五百元的长篇小说征稿之事，想必正奋笔疾书。

"清水说等你来时，只要通知他，他就会过来，咱们仨可以抽空在我家聚聚。"欠田君如是说道。

校内十分安静。

来到学生休息室，第一时间就去看我的成绩：七十五分，名列第八名。四年级升五年级时我的成绩排名是第十名，一学期后掉到第十八名，这样看来如今的排名还是提高了。虽然一直瞧不上学校成绩这类东西，一想到在自己身后的竟是呆头呆脑的庸才之流，还是心生屈辱。第二学期排名在成绩公告单的正数第二列，真是愚蠢之至。自从入学考试以第一名的成绩进校后，名次一路往下掉，虽然我认为自己有头脑，心想"这算什么"，还是悲从中来。再也没人认可我了。为了报复此事，我就算逞强也要争口气，不上"一高"誓不罢休。

火车上，我也对欠田君说，我之所以想投考第一高等学校，主要是想对那些在身体条件和学习能力方面都轻视我的老师和同学进行反击。

同为乙组的H君得了七十六分，排名位于第三位，这让我大吃一惊。M君与他同分，排名位于第六位。大口君则远远落后。细细看了成绩单,发现并非自己弱项的物理,由于我第一次考试缺席,第二次考试虽连续两天学习到深夜十二点左右,还是出乎意料地失败了。怠于记录"学生日记",对国文和汉文也没有重视,这些都是未能得高分的主要原因,把平均分提升两三分应该不是很难。我也记下了室员的成绩。

回到宿舍,拿了邮局的存折与印章,去邮局取钱。邮局里办理业务的是一位平常未曾见过的年轻女子,她是位可爱的少女,可能是K先生的妻子。面如白玉的K先生也在。

去了一趟虎谷书店,用表兄给的钱加上邮局取的钱,买了藤森良藏先生的《几何学——思考与解题方法》上卷、《代数学之学习、思考与解答方法》上卷、清水先生的《人生的价值讲义》与《中央公论》新年特刊。

与欠田君道别后去了宿舍,用包袱将夹袄包好,急忙赶往车站,但还是错过了两点发出的火车。买了邮票和明信片。

顺路去了街上的旧货铺，以前卖自家房子时店家曾上门过。

薄暮将近，我回到了家。

一路上边走边读谷崎先生的《人鱼的叹息》。

这篇十二月二十九日的日记竟记录了我读中学四五年级时的成绩，对于五十岁的我来说，这是万万没有想到的。

那时，我的中学会根据成绩将学生分成甲、乙、丙三组。因此就算我是乙组第八名，上面还有成绩更好的甲组。以榜首入校的我最初理所当然地被分在甲组，但在某一年时名次掉到了乙组。乙组第八名算是全年级中等偏上一点的成绩。

我在第一高等学校的入学成绩也不差，但后来一直走下坡路。

十三

大正六年的日记始于一月九日，之后日记的日期从九日直接跳至十六日并于二十二日中断。

大正六年一月九日
星期二，晴

　　寄宿生全员应出席冬季练功活动，I先生一早就来催我们起床。室员中小泉与杉山出席，清野缺席。窗外夜色沉沉。

　　寝炉已冷，将它推到棉被外面，结果我冻得缩成一团。晨会铃响后去了晨会。洗面台都结了冰。

　　把"一高"一览表借给了片冈君。

到学校后发现座位换了。

正如图画课上和S君说的那样，我想既然要经过第一高等学校的锤炼后进入东京帝国大学，那就索性当个文学学者吧。随着我对自己的创作天分越来越怀疑，事实上最近我的内心也慢慢向那方向倾斜，但还真的舍不得抛下手中的笔。不，我不会抛下的。那些事还远得很呢。

回到宿舍。学习《徒然草》与代数。

今日体操时，杉本先生给我们发了"毕业后的指南"之类的教材。昨日和今日，先生的语气里都有一种深切的感怀。我再也不想抱有恶意，只想献上我的感谢。我深感在校期间，学生应尽可能谨遵校纪认真生活，这才是最真实的。

铺好床，早早用寝炉把被褥焐暖。

大正六年一月十六日
星期二

挣扎着读了阿部次郎[1]先生的《为艺术的艺术与

1　阿部次郎（1883—1959），日本哲学家、作家。

少年

为人生的艺术》。虽然觉得是非常好的论文，但实在是无法与之产生共鸣。

T君约好与S君去吃乌冬面，叫我一起去，于是我随他们出去了。顺路去了虎谷书店，山崎先生[1]的《新英文解释研究》已到货，便买了一本。我们来到人潮如织的马路上，走进一家叫山新的乌冬面店。福山先生蓦地出现在店里，我们连闪躲的时间也没有，把头伏在榻榻米上敬礼。与其说是窘迫，不如说是让人忍俊不禁。问了店里的人，原来老师一直站在我们旁边，但没有注意到我们。N君和M君也来了。

T君向我敬了一支烟，我抽了。清水、欠田等其他走读生也过来了。

又回到虎谷书店，随后在高桥散步，与为我们付了一元多钱的走读生S君道别后，正好在晚餐时间赶回宿舍。

---

[1] 山崎贞（1883—1930），旧制早稻田大学高等学院教师，著有当时流行的英文文法书，这是升学考试的重要参考书。

晚上杉山提议吃零食，我囊中羞涩，便搪塞一下，最后也没有下文。

大正六年一月十八日
星期四，晴

昨晚熄灯后约四十分钟，我钻入又冷又暗的被褥。清野还醒着，用他的手臂、胸膛、脸颊温暖我冻僵的手，真让我幸福万分。晨曦时分，我们又热烈而长久地相拥，不管谁看到了都觉得可疑吧。清野到底是怎么想的，我一无所知。但我并没有寻求比这更进一步的东西。

放学后外出寻找《文章轨范》[1]一书。

大正六年一月二十日
星期六，阴

四十七元的邮局存款只剩下一元多一点。前几

---

1 南宋谢枋得编纂的唐宋名文选集，目的在于指导士子科举考试，在近代日本也作为汉文考试参考书。

少年

天取出的一元八十钱,也只剩下小钱包里那一枚孤零零的五十钱银币。不管怎么说,我血液里流淌着少爷派头。因为爱慕虚荣,我也吃了不少苦头。失去父母,依赖亲戚抚养的伤心处,主要就是金钱上的不自由,而且常常会对金钱产生贪欲。猛然意识到自己对朋友或他人斤斤计较的嘴脸,便会感到难以承受的寂寥。

一直以来我牺牲掉很多书籍,这是我面对朋友的虚荣心造成的代价。今天早上我也把与谢野晶子的《从夏到秋》《女人的一生》,白秋[1]、晚翠的诗集等塞进我去大阪的包袱里。

稻叶先生在伙房里,所以我不能从后面溜出去,错过了一点钟发出的火车。

在车站遇到了校长。实在无计可施,只好装作一副若无其事的样子行礼。因为手中提有包袱,他肯定以为我要回家。

在福岛那家常去的二手书店,一番讨价还价后,

---

[1] 北原白秋(1885—1942),日本诗人、童谣作家。

我的书卖了一元七十钱，清野那脱页的字典卖了八十钱。

在别家店里，买了《增镜新释》、斯迈尔斯[1]的《品性论讲义》和滨野先生的《新译论语》。如此一来，除了要给清野的钱外，剩下的连三十钱都不到。匆匆忙忙朝车站赶。

月台上看到一位温柔的美少年，我和他搭乘同一车厢。我直到下车前一直盯着他看，沉湎于病态的妄想中。

彤云密布的天空下了一阵雨，不久后雨停了。

（大正六年一月二十一日的日记前文已抄录，故此处阙如。）

大正六年一月二十二日
星期一，晴

早上U君对我说："东京的E子写信过来，说

---

1 塞缪尔·斯迈尔斯（Samuel Smiles，1812—1904），英国作家与社会改革家。

少年

自己身为女学生，实在不方便写信寄到中学宿舍，请代为转达诚挚问候。"我摆出漠然的样子，只回道我前几天才刚刚给她回了信。

在宿舍的三堂自修课也无法静下心学习。第一个小时的课结束时，我说想吃烤年糕，于是穿越寒冷的操场，钻过篱笆，偷偷跑了出去。但烤年糕早已卖光了，我便去了足立点心店，买了夜之梅、干年糕片、蜜柑等回来。正和室员一起分享的时候大口来了。虽然有昨晚的事，他还是一副不在意也不客气的样子。我觉得倍受侮辱。我们对英语有些小小的不同意见，大口说要少数服从多数，为此天真地跑遍了宿舍，这让我的愤怒无处可泄。

熄灯后，我在办公室学习《徒然草》，但一想起清野与小泉在寝室里睡觉，就因担心大口而坐立不安，便提前回到宿舍。蹑手蹑脚地爬上楼梯，定睛环视一遍走廊和房门后才进了屋。一切平安无事。

清野醒了，今夜也一如既往，我又亲密地感触到他温暖的手臂与胸膛。

大正五年九月至大正六年一月，五个月的日记中，凡出现过清野名字的部分都抄录在此。

这部日记结束后仅两个月，我从中学毕业，前往东京。与清野之间的情愫，也如日记里记载的样子一直持续到毕业吧。

然而，这五个月，清野与我之间的爱意看似并未有所发展，我们也从未用语言表达出各自的爱憎。爱的始萌与历程也是自然而安稳的，轻柔地温暖了回忆。

十四

因中学时代的日记已结束,此处再次回到大学时代的《汤岛的回忆》。

总之,前述有"接下来是清野少年的存在对于我的意义或感化之类的东西,写得佶屈聱牙,又任性自我。这部分暂搁在后面……"。这暂且搁在后面的部分,将被摘抄于此。

就读第一高等学校时的书信中的"我觉得这样的你就是救济我的神明……你是我人生中全新的惊喜",也是与此相通的话语。

然而,那时的书信,是在没有参照中学时代日记的情况下写的,而写《汤岛的回忆》时,我早就忘记了自己读中学时代的日记和高等学校时代的书信。到了五十岁的今天，我才第一次将这三份记录合起来看。

《汤岛的回忆》中，清野坐在大岩石上，远远地目送我沿山谷而下。嵯峨访问记于此暂且告一段落，接着便是"人出生后的……"一大段笨拙的感想。

> 人出生后的境遇与环境，或是出生前所谓遗传之类的东西，会将一些污垢附着于身，若自己不将这些脏物涤荡掉几分，并敬而远之，回归到某个原点，便不似真正的自我。为了方便理解，若大本教把这种附着于身之物称为恶灵，那么这种回归可谓镇魂归神吧。
>
> 我二十岁时，与流浪艺人共旅五六天，而我能保持纯情，分别时潸然泪下，并不完全是出于对舞女的感伤。如今，我是以波澜不惊的心情想起舞女的，想必她在情愫初萌的日子，对我动了女孩子淡淡的恋慕之心吧。然而，当时我并非这样想。从幼年起，我便与普通世人不同，在不幸与不自然中一路长大，因此变成了一个顽固与扭曲的人，牢守着

少年

将乖僻之心深锁在小小外壳里的信念,为此而苦闷成疾。像我这样的人,会格外感恩他人的好意。于是,认为自己的心灵甚是畸形,似乎反而让我很难从那种畸形中逃离开来。

然而,我之所以把自己想成那样,当然是和自身那样的缺陷分不开,但我慢慢注意到,多半也是由于我对自己异常的境遇有着少年般恃宠而骄的感伤,大多也是由于这种感伤被我夸大了。我意识到这不应让我苦闷成疾,这对我来说是可喜之事。我之所以觉察到这点,得益于众人对我表现出的好意与信赖。我反省自己,并寻求原因。与此同时,我从阴暗处逃了出来。我来到一片广场,在这里比以前走得更自由、更坦荡。

我在高等学校一、二年级时,极度讨厌那里的寄宿生活,因为和中学五年级时的宿舍大相径庭。而且,我沉湎于童年时代残留的精神创伤,自我怜悯与自我厌恶的念头让我不胜其苦。于是我踏上了伊豆之旅。

对于仅见过大阪平原乡下风景的我来说,伊豆的田园风光与旅情抚慰了我的心灵。然后我邂逅了舞女。她向我展示了与所谓流浪艺人习气截然不同且散发着不驯气息的诚实和善意。舞女说"是个好人呢",她的嫂子也附和称是,这句话吧嗒一声清凉地滴在我心头。我心中想,是好人吗?是的,是好人。我自己回答道。平凡意义的"好人"一词是我的一盏明灯。从汤野到下田,我意识到与他们共旅的自己也是个好人,这让我欣喜万分。在下田旅舍的窗沿处,在轮船中,被舞女称为好人而产生的满足,以及对说我是好人的舞女的好感,让我流下幸福的眼泪。现在回想起来,宛如一场梦。这是青涩稚嫩的存在啊。

初入第一高等学校时,我就是那样。对那样的我而言,与清野少年同室的一年,是一次救赎。是对我精神之路的一种救赎。

清野在来信中屡次提及,在嵯峨深山中会面时也对我说,他一生都不会忘记我的恩情。我坦然接受了他的感谢,觉得自己也不必客气。因为我十分明白清野的心情。

少年

虽然后来我也对高等学校的宿舍产生了好感，但我想对世间的诸父兄进献一句忠言：不管什么原因，请不要把自己的子弟送进中学的宿舍。我的祖父去世后，作为中学生的我孑然一身，无法自立门户，便寄居于亲戚家半年多，随后在四年级的春天住进宿舍。在我升入五年级的那个春天，刚开始寄宿生活而成为我室员的清野是二年级学生。当时他十六岁，因为生病而耽误了一学年。

我双目圆睁，带着不可思议的神情盯着他，暗想世上竟然还有这样的人。我有生以来头一次见到这样的人。而且正如我惊讶的，全世界没有第二个人像他一样。我设身处地，想到他背后有欢乐家庭的温暖与贤明家人的爱，便对自己心生怜悯。我想是不是一场危及生命，让他一年多卧床不起的重病将他的过去洗涤一空，使他重生为婴儿，从而获得那稚嫩的天真？即便如此，还是觉得相当神奇。

于是，我并没有过多地陷入和他比较后产生的自我憎恶中，反而因他的神奇而忘我，怔怔地看着他。这样的我，内心由衷地浮现出极其自然的微笑。

与此同时，他纠缠着我，依靠着我。我的一言一行，甚至心中暗自寻思的东西，都毫无抵抗又自然而然地流入他的胸怀。我所说的、所做的、暗自所思索的事情，一旦做了后，我没有被逼着要自我反思，没有被逼着要引以为耻，也没有招来他的反感和冷淡，他只是全盘接受，只是以一双无阴霾的眼睛仰视着我。我的影子映在他心灵的窗上，不带一丝愁云。有生以来，我仿佛第一次体会到安宁。消极地说，我没有从与他的对照中感到因自身境遇而造成的自我憎恶，从而没有让自己顽固地龟缩于一隅。积极地说，自己的一切得到他的肯定后所产生的安心，让我感到自由，让我在他面前能随心所欲，不受拘束地展示自我、任性放纵。在他面前，我深受熏染，变成自己想成为的人，并能超然物外。

托他的福，我开始明确注意到，因境遇而背负的阴影中，有我的感伤，也有对感伤的夸大。而且，他为我点亮了一盏指路明灯，让我立志踏上摆脱沾染于身的污物这条路。恩情这个词，应该是我还给他才对。

少年

若说他的心情是赤子之心,是纯情少女之心,确实有点相似,但事实并非如此。他在离开我后成为迷途之子,或许类似女子与她依恋的男人分手后心中混乱,但事实也并非如此。我一方面认为自己受到他良好的影响,一方面也觉得他的心情高朗,并认为我已领会到如何利用他那心情而使自己安然度日的方法。我想,若是我不在了,他会怎么做呢?会变成什么样呢?与我分别后他更加深刻领悟到了他所说的恩情,但同时他也不知道自己该去向何方,这一度令他决意退学。这也是他对大本教的信仰更为虔诚的一个小小的原因吧。

其后,便是"在中学五年级的那个四月,我发现清野好像信仰一位我没有听说过的神明"。接着又写到清野为发热卧床的我发出"利利霎霎,利利霎霎"的祈祷声。这部分在前面已抄录过。

接下来又是一堆汪洋恣肆的感想。

我是否因为当下的境遇、幼年时失去双亲的孤独，以及其他种种遭遇，而以自我为中心沉湎于自我崇拜呢？

在我童年时代，有一位农村老婆婆曾照顾过我。去年正月，我去探望这位年迈多病的老婆婆。当我准备回家时，她拖着行动不便的身体，硬是一直爬到廊边那几乎要滑落下去的地方，端正跪坐，双手紧紧合掌，泪眼婆娑。老婆婆对着我离去的背影行礼，她诚挚的心直抵我内心深处。那时，我心中没有一丝阴霾，澄明无边，也以一双清朗的眼神注视着自己的前途。

我的前室员清野少年曾皈依于我。遇到皈依于我的人，能让我最有力地净化自己，使自己更纯粹，并期待新的精进。在皈依中，我是否能第一次得以安然愉悦入眠？若未好好审视皈依这面镜中映出的自己的模样，我的精神会不会蒙上阴云？

阴云欲来时，最好一个人孤独处世。最好是来到汤岛的溪谷，十天缄口不言。

像过去那种为精神的病根而忧心忡忡的感伤，若未通过理性的筛选，我便不会允许其产生。正因

少年

如此，我才养成了桀骜的性格吗？

然而，无论是过去还是现在，人们总是对我亲切有加，我承蒙过多的善意。我绝不相信世界上有任何恶人，也不认为会有人将所谓的恶施加于我身。抱着如此的信念，我感到安静而祥和。

我从未对人心怀真正的恶意，也从未对人抱有真正的憎恶与怨恨。不曾想与人一争高下，不曾忌妒别人，或许都不曾试着反对别人。

一方面我肯定所有人各自不同的行动方向与视角；另一方面似乎在否定自己的同时，又肯定着自己。

之后，便是从"每次听见长廊尽头传来麻底草鞋声，总是不由想到，是您吗？"这封清野的来信开始，一直写到因腿恙而初访汤岛温泉时的情景。

十五

我写的关于清野少年的旧稿,大体就是以上那些。

然而,顺便搜看了一下装有旧信件的布囊和箱笼,发现里面有二十二封清野寄给我的书信。还存放着与清野同为我室员的小泉与杉山的来信,以及我和其他同学的几封往来信件。

清野在书信中所述之事比我当时的日记和书信更不可靠,也未鲜明地显露心迹,不值在此一一抄录,但有些内容为我对这位少年的记录提供了佐证,并补充了细节,也能纠正我自以为是或骄傲自大的想法,因此在此摘录少许似乎还是有益的。

二十二封书信中,最早的一封记有"大正六年四月四日晌午"的时间，收信地址为浅草藏前的表兄家。我大概在中学毕业典礼后的第三天，就去东京准备考试。当时中学是在三月末毕业，第一高等学校的入学考试则在七月举行。

我一到东京，就写信告知清野，四月四日的信就是清野的回信。

（摘自大正六年四月四日清野的书信）

……东京虽大，但您朋友稀少，想必一定寂寥难耐吧，希望您能逐渐结交好友，并努力学习。我全心全意为您祈愿。

与您别后，我一想起往后只得孤身走下去，就感到有些晕头转向，但我也不能永远依靠您。我是多么想和您在一起，依赖您的照顾，哪怕只是多一年也好。然而，您今后将成为了不起的人物，就算我说想永远和您在一起，这也不会被时世所容。虽然现在有了新室长，我仍会情不自禁地深念前室长。如此一来，便更为落寞，最近也经常做梦。屡屡梦见我将您的书丢入火中并为此悲伤流泪……

……我会通过写信竭尽所能为您带来慰藉，希望您不再悲伤，不再寂寞。当您心灵受创时，让我从心底深处为您提供温暖。我绝对不会也永远不会忘却旧恩。宿舍里舍员的上下级之分，并未让我苦恼。只是到了三年级，我要全心投入学习。然而，生性柔弱的我易受他人闲事的诱惑……

第二封信写于四月八日，并记有"上午十一时"。

清野回到了宿舍，新学年的宿舍成员看来也分配妥当，信上列出了第一室到第十室的学生名册。清野被分在第八室。

作为"一高"的作文作业交上去的书信里写道："但听说自从我离开后，你和菊川、浅田同室，北见当了寝室长。我还在学校时，菊川与浅田便是宿舍的美少年，备受各位学长的瞩目。"就是描述这第八室的情形。

（摘自大正六年五月二十一日清野的书信）

久疏问候，敬请原谅。只身一人想必很孤独吧。只身一人真是很寂寥的吧。我真心真意同情您……

少年

我心里止不住地想您。无论有什么苦楚,我会在背后安慰您的心灵。请振作精神,我毅然决然地在背后为您祈福,请尽管放心……

……前天举行了十英里(约 16 千米)的跑步比赛。我在别人的协助下好不容易回到学校,腿抽筋得厉害。昨天欲去鸣尾的网球大赛,赶到大阪的时候却突然感到筋疲力尽,只好承蒙亲戚的关照。好像又是心脏的问题。

这封信的收信地址是浅草西鸟越的租屋。

(摘自大正六年七月二十九日清野的书信)

……入学考试很辛苦吧。如成绩不如意,再好好准备一年定会大功告成……

……这学期我本打算拼命用功的,不承想成绩却下滑得厉害,我想第二学期要更加奋发才行……在学校为各种各样的事担忧,一回到家,一切烟消云散,心绪安稳如山。我不禁觉得,自己逐渐成长为真正的人了。

说真心话，我从来没有想过您会成为小说家。我一直以为您这样的人物定会踏入我等之道。您可能会觉得"我等之道"甚为玄妙，但随年龄增长，您自然会明白。

我现在还没决定毕业后要做什么。但真诚地面对每一天，就能沿着自己的道路向前迈进。我想品尝辛酸，也想吃苦。如此前行，最后终能与自己的理想之道相遇。

我们在宿舍床上曾有过各种有趣的问答呢。但是如果神明不在，我便无法自立而行。您可能不甚理解，但不久您就会明白吧。我一直认为，强词夺理是不会让您懂的。

我觉得您还是不要读关于宗教的书为好，当然读了也没关系。读了就按读的东西去做便是。就说哲学，太浅显的也无甚用处。甚至有为哲学所困以至于丧命的事。死读书是绝对找不到哲学的，必须身体力行。从身外灌输的东西终究会散去，但因内心参透而附身的，永远不会离我们而去。

暂且搁笔。请来找我玩。我会等着您。

少年

这是写于清野暑假回到嵯峨的家,而我考完试后回到淀川之北的舅父家时的书信。

也许是清野在其父身边的缘故吧,他的语气自信且有力。

(摘自大正六年十月十三日清野的书信)

……今天我被选为二年级对三年级棒球比赛的选手,与羸弱的二年级学生比试,三年级的获胜而归。现在从门监那里收到了前室长的来信,更令我觉得喜上加喜。

……久未致信,实感歉意,今日我会将所有肺腑之言一一禀来。但还请您藏之于心,切勿外传。宿舍的风气日渐败坏。高年级学生中没有一个正常人,只会无缘无故地鄙视三年级、二年级和一年级的学生,他们的强力打压,使人无法定心学习。星期六、星期天要继续打棒球,不会打的人也被赶鸭子上架,星期天连描绘地图的打算都落空了。见菊川君等人顺从听话,便群起欺负他,可怜得让人不忍直视。

而且，他们把铺有榻榻米的房间当作便利的吸烟室，没有一天不在里面吞云吐雾，午餐后也在盥洗室里抽烟。面对一年级学生还略有顾虑，在二三年级学生面前就毫不遮掩地抽起烟来。他们品行不端的模样，让我们三年级学生悲哀不堪。五年级学生全员如此，四年级学生中也有三人让人束手无策。最为苦恼的是夹在学长与学弟之间的三年级学生。有十天左右，学长们分为善恶两方，在猪舍前上演了一出争斗大戏。他们为了不让一年级和二年级同学看见而挑了这个隐秘的场所。我和小泉正好透过玻璃窗窥见了这一幕。纷争的起因是恶方的学长对三年级、二年级和一年级学生的压制实在太过分，善方的学长劝诫他们适可而止。

我不知不觉眷恋起去年，真心思念去年毕业的人们。

这封信上，我的收信地址是本乡弥生町第一高等学校西学生宿舍十三号。

信中还附有一张清野小小的照片。他穿着白色浴衣

少年

和袴，学生帽上还包着夏日的白布。他端坐在藤椅上，面容不大清晰。

（摘自大正七年二月十九日清野的书信）

正月如梦般远走，未几就要迎来温暖的春日……

……前不久，大阪联合武术大会于二月三日在堺市召开。我等虽不堪大用，但仍依师命以选手身份登场，转眼间，便如猫咪被撂翻般轻易连败两场。然而我并不感到遗憾。我早就知道像我这样的人一出场便败局已定。前些日子在本校的武术大会上，我的对手是上宫中学一位姓滨村的学生，结果打成了平手。也就是说，三回合的比赛中我输掉了一回合。但对此我也不觉遗憾，只是有种奇怪的感觉。

今日又是星期六，三、四、五年级有演习。朔风呼啸，我被吹得几乎要流泪。下个星期六还有演习。带着一张冻得发青的脸去参加演习，也是十分难受的。

与您分别已有一年。光阴似箭，让人心惊。宿舍的人也越来越多，局面也随之衰颓。人这样的生物总忍不住压制别人，因此看上去是那么悲惨。

据说再过五六年，人心大重建的时刻就会来临，希望能早点助其一臂之力。

如今您在东京学习，但英、德、美等国会来攻击东京湾，五六年内日本将一统天下。彼时那座巍然的富士山也会喷发。现在我向您预报一下：人的灵魂若能与神相通，就能知晓未来。请您千万要在富士山喷发前回到大阪。

在此将适才天神传达给小生灵魂的神谕原封记录下来："日本国灵之本的天地生神不久将现身世间，此乃往昔设好的天机。三千年来第二度世道一旦重建，国邦则重立，但若此次奉天意之守护神于人民稍有一丝疑念，世间会渐次混乱如前，国邦沦亡。此次天地先祖若不现身守护，世间将成为一片泥海，人类亦走向毁灭。天地之神为力挽狂澜，陷入为难之境久矣。"

……由此想来，此番重建实乃重中之重，因此虽然诚惶诚恐，但天皇陛下将屈尊行幸京都绫部的大本。放眼全日本，此乃最中心之地。

清野在这份书信中首次写到了大本教预言之类的话。

（摘自大正七年三月二十六日清野的书信）

……每次与小泉会面，总会谈及前室长。啊，室长，我多渴望能与您再见一面。经常与小泉笑着聊道，宫本学长脸上那两只眼睛真圆。过去的事难以忘怀。不知可否得到一张学长的照片？上次在书箱底下翻到了参加冬季练功活动的照片，得见学长击剑的飒爽英姿，我们两人开始缅怀往昔。当时的宫本学长的样子近在眼前，学长那宽阔的额头宛然在目。小泉君也想念学长，时常对我说，要是以前与宫本学长拍照留念一下就好了……

……还有一事，宫本学长，您先前说写了三十一张稿纸的文章，敬请惠寄。请允我拜读，拜托了。请多写点东西寄给我……与您一别已一年。想必在东京很寂寞吧……我也是四年级生，还被选为室长，每次追怀二年级时的事，不禁有些难为情。

自己能成为室长，委实也很奇怪。

啊，还有，我在休学期间沉思苦想的事情，现在一一向您禀报。

我还有五十五分钟可以写这封信。炭盆的煤炭正熊熊燃烧。我原本是把脚搁在盆边写信的，现在腰酸背痛，又重新坐正了继续写。

我也逐渐有所成长，但内心仍如孩童，真叫人困惑。总要想办法让自己更有大人的样子。

我沉思苦想的，是今后自己的人生规划。这两三个月，我开始思考这样的问题。自己——自己——我——自我——自己[1]之所以生在这世界，一定是拜神明所赐，使我对这世间有所贡献，而我现在开始思考这件事本身，想来也必有某种因果机缘吧。无论怎么想，我都觉得自己是带着天命来到凡尘的。因此在树立今后的规划时，若我还是像这般幼稚的孩童，是不可能成为出众的人物，去引领社会的。无论如何，

---

[1] 原文为"自分——自分——私——我——自分"，即用了日语中三种不同的第一人称代词。

少年

从现在开始我想让自己的行为与精神保持一致，为即将到来的人心大重建奋力一搏。能预知到这次大重建也是因果之缘吧。世人怀疑我为何能预知未来之事。我能做到。我能做到。当我内心端正、精神安宁地聚为一体时，自然就会做到。神的启示会降临我身。

人常心生疑问，欲望缠身，也会有私心。所以心镜常蒙尘灰，预知之力便受重重阻碍。若心镜光明普照，会映射出世间万物所有状态。要是继续写的话，可叙之事不知凡几，言之不尽。若欲知详情，敬请前往东京本乡四丁目的有明馆，购买《神灵界》一书，二月号上刊登了我家的事。虽是本寒酸的书，但其中的内容弥足珍贵，购书仅需十二钱……

……我不清楚这次宿舍骚动的详情，但先前在很多事情上分成两派的那些人，终究还是水火不容……

（摘自大正七年五月二十九日清野的书信）

……久未致函，望勿生气，尚请见谅。

被各种事情所困，甚至逼得我想退学，一片混乱中自然就没有时间给您写信，恳请您原谅。另外，未能收到前室长的书信，深感遗憾。大叫着三十一张[1]、三十一张，也是无济于事。您长长的书信化为泡影，实在令人扼腕……请您原谅。请饶恕我，我永远忘不了您的旧恩。总是和小泉君聊起往事，还说要是见到室长，一定倍感羞耻，不如就此逃走。忘恩负义非人类该做之事，所以我绝对不会忘记，死后也不会忘记。

宫本学长说我是您唯一的伙伴，我真的非常高兴。以后我会常常给您写信，我们似乎一度渐行渐远，但让我们再走近些吧。六月请过来，敬请光临。我想象如今您是怎样的模样，但全无思绪。昔日您回到我们的第五寝室时，您咚咚地踩着楼梯快步上楼，单脚稍稍用力爬楼的声音还在我耳际回响。我自己也学着那样爬楼，乐在其中。

话说回来，闻悉您舅父去世，您一定很悲伤吧。我也回想起自己的祖母谢世时的情景，不禁潸然泪

---

[1] 指前文宫本说的写了三十一张稿纸的文章。

少年

下……

今年春天"一高"与"三高"的棒球比赛,我在报纸上认真拜读了。我想起宫本学长曾说,上了第一高等学校后会成为选手,便留意了报纸,结果那上面并没有您的名字。这一定也是因为舅父离世的关系吧……

我升到四年级了,终于到了不能随心所欲贪玩的时候了。我还当上了第四寝室的室长,作为一个脑中空空的寝室长,真让人挠头。

上次我说自己要成为有大人样儿的人,对此宫本学长说很可怕,我不太理解。这是自然而然就会产生的想法。但我却无法像个大人,怎么做才能丢掉那孩子气的心呢?是不是因为我从小除了自家兄弟外,一直没有朋友呢?我对宫本学长可是五体投地般的仰慕。

还有,我所信仰的断然不是宗教,而是神谕,是对我们大日本帝国前途的预言,最终世界将走向大同。

宫本学长是绝对不可能落榜的。若是落榜了,那也不是真正的落榜。室长读书还保留了九分实力，在各学科上只用了一分的力气，而九分精力都花在了小说上。但还是希望您金榜题名，就算不幸落榜，我也绝不会轻视宫本学长的。天下的秀才中，有拼命读书的人和不怎么用功的人，不怎么用功的人一旦拼命学习，就会独占鳌头。而说到文学，那是天才的工作……

此后信中谈及新学年的寝室分配，还有四年级与五年级的剑道比赛的过程。信里说道，清野作为四年级的大将，一举击败对方的三名选手——大将、副将及另一人，凭一己之力帮四年级取得了胜利。[1] 清野少年并非软弱无能之辈。

还有，所谓写了三十一张稿纸的文章，是我当作"一高"的作文交上去的书信。那封信从第二十张稿纸开始算起，尚有六张半稿纸留在我身边，其内容已在前面抄

---

[1] 日本剑道的团体比赛中，大将为最后出场的选手，一般是队中实力最强者，而副将为倒数第二位出场的选手。

录完毕。读了清野的信,才知道这文章的内容总共占据了三十一张稿纸。然而我这封长信没有交到清野的手上吗?或许是被舍监没收了?

同时,还有一份该是同一时段寄来的明信片。虽然看不清邮戳的日期,但上面写着以下文字:尽管发生了这次的事件,有劳父亲四下为我奔走,我又可以继续上学了。我承诺在毕业之前不会退学。让您为我担心不已,谨致谢意。所以写下它的日期比五月二十九日的书信的要早一些吧。

我想不起来"这次的事件"是什么。清野应该寄信诉说过此事,但我把那封信弄丢了吗?不过在下一封清野寄来的书信中,亦可隐约猜测一二。

(摘自大正七年十月八日清野的书信)

感谢您给我写信。上次我寄去的信写得拐弯抹角,很难读吧。我的想法没法好好地写出来。七月以降一直没有收到您的来信,我一点也不在意,但您身体似乎比较虚弱,令我十分担忧。您以前相当疼爱我,我从心底诚心诚意地感谢。

您为这次的事情时而惊喜，时而流泪，我感激不尽。我深知那时室长是多么庇护我，心底倍感喜悦。

我知道这次是谁诽谤我，但我什么也不会说，也不会抱有怨恨。我心中没有一丝憎恨，宛如清风拂过。舍监也说我不是那种人，使我不胜欣喜。然而，进谗言之人居心叵测，令人不寒而栗。

还有，我一直纳闷二年级时大口学长夜晚造访寝室的缘由，听了大家的话，最近才恍然大悟。当时的确感到匪夷所思。而且如果把大口学长来寝室的事告发给舍监，他应该会得到退舍处分的吧。我再也不去其他寝室了，只有土居来找我玩。因为要是去其他寝室，舍监又要批评我。二楼我大约只去过两次。宿舍让人讨厌，太可怕了。

升入高年级后，可怕的事情接踵而至。其他高年级同学就算经常去别的寝室玩，也不会遭谁诽谤污蔑。而恶魔之手只想抓住我，真叫人害怕。但神明与我同在，我被抓之际，他会伸出援手的。他们叫我这个月都在宿舍里好好待着，请您多多给我写

少年

信。室长的书信是我唯一的快乐源泉。好想再见一次室长，与您畅所欲言。我说十月想从宿舍搬出去，却被告知说得再待到十月底。我会待到那时的，所以请写信给我。您一定很忙吧，但我会静候佳音。再见！

是不是四年级的清野去美少年所在的低年级寝室玩，被别人诽谤了？

清野说"最近才恍然大悟"大口夜晚造访一事，但他对我们两人之间的事，应从未有过联想吧。

（摘自大正七年十二月二日清野的书信）

……在"一高"的第一学期也差不多要结束了吧。贵体是否安康？我非常好，敬请放心。宫本学长的第一学期从什么时候开始放假呢？圣诞节马上就要来临了。话说去年您送我的画着可爱西洋小孩的圣诞卡，上次从我的信盒里掉了出来，我盯着看了好一会儿，感到万般欣慰。另外还拿出十五六封宫本学长寄来的信。保留书信是件好事，令人感慨光阴荏苒。

宿舍里又有一人去世了，是鸠村。看着他死时的容颜，我扑簌扑簌地掉眼泪，不能自已。而且他的容貌一直浮现在我眼前，晚上去厕所时总是心有余悸，我很烦恼。最近宿舍太平无事，但我寂寞难耐。这个室长我已经当够了，真希望能重新成为二年级学生。净是些讨厌的事，实在烦人。

还有，宫本学长，请寄一张照片给我。最近我对收集照片很感兴趣，也正在制作相册。

最近我和小泉绝交了。我们两人一句话也不说。杉山因感冒和脚气而卧病在床。想写的东西还有很多，且待下次禀告。等下铃声一响，我就要去上静坐课。

十六

（摘自大正八年一月十五日清野的书信）

谨谢来信。一如缺水的草枯萎不堪即将凋零，今天我的心情就像久逢甘霖。在寒假期间我一直想给您写信，可是回家时却把通讯录落在宿舍，所以不知道您亲戚家的地址。宫本学长若还留在东京，我寄给您也无妨，但如果您不在的话，信会被贴上浮签退给我，因此我只向那个第一高等学校的地址寄了一张贺年卡。宫本学长在放假期间若已回到西城郡，如果能来中学看看该多好啊——我这样哀怨地想着……

请您体察我日复一日地住在这可厌的宿舍。我为什么这么不争气。我没有朋友，连乐趣也没有，只是一心追忆过去的事情……到了学校就有很多朋友，因此我很期盼上学。回宿舍让我不开心。升到四年级后，我的苦闷要比一般人多很多。在宿舍里待不下去，要出去也寸步难行……

宫本学长，这段时间学校在举行冬季练功活动。每天从早上五点到六点，我都勤奋出勤。明天要猎兔，能打到兔子吗？

还有那个小泉，自从退舍后就变得有点奇怪。莫不是他误入歧途了？他现在住在泽田老师家，作为走读生来校。

此刻是十点五十五分，我在烛火下写信，宫本学长已经就寝了吧。

（摘自大正八年七月二日清野的书信）

……听闻您于二十七日会坐火车经过这里。您如果事先寄份明信片通知我，我定会去车站见您。想起来倍感哀怨，与学长分别后已有整整三年。其间的变化真是翻天覆地。宿舍的房间要改造为教室，一间间都被弃用，移去别处，这里呈现一片荒废状。宫本学长，您一定已是大人了吧？真想见您一面。从您的明信片上可以看出，您现在应该在鲶江那边。如果可能的话，真想去府上拜访一下。无奈暌违已久，总觉得很不好意思。

此刻我正卧病在床，头痛甚急却也还未发烧到三十八摄氏度。室员对我勤加看护，我已大体恢复……

这封书信上，我的住址是大阪府东城郡鲶江町蒲生的姨父家。那时我因放暑假而回乡探亲。

（摘自大正八年七月二十四日清野的书信）

从沉沉午睡中醒来。风儿从神社的杉树间吹拂而来，抚慰我午睡时出汗的身体。好风，以前在汉文课上学过的"雄风"这个词，就是形容这样的风吧。溪水淙淙，忽远忽近，好像进入了物我两忘时那种难以言喻的心境。这样也算是夏日吗？为了在瀑布下修行而上山的人汗流浃背，但一来到此地，便会驻足片刻，觉得仿佛来到了仙境。多么愉快的事啊……

近来无恙吧？依然每日醉心于文学吗？还是在旅游呢？我自从十九日回家后，每天都会钻到瀑布下，敬神、睡觉、读书，一切都随心所欲。请您务必来找我玩。与原来的家相比，现在的地方在山的更深处，还要往山里走一里半左右。

放假前，平田学长到学校里来了。十八日，大口学长也来了。他们对宿舍翻天覆地的变化吃惊不已。大家都来了，唯独宫本学长没有来，所以我心中总有种哀怨的感觉。您休假的时候没有来，九月请您无论如何也要过来。我也曾想拜访您，但欠缺独自前往的勇气，只好作罢。请您一定来一趟。

（摘自大正八年八月二十九日清野的书信）

近来雨水难遇，酷暑难耐……您休假到什么时候呢？您就要升到三年级了吧。日月如梭，真是让人心惊呢。当我还在中学里的五年级吊儿郎当之时，您已成为高等学校三年级的学生了，这令我目瞪口呆。这次放假，您大概还是一头扎在文学里吧。我也打算从第二学期开始全力学习。第一学期读了一点点小说，总觉得仍然有很多不懂的地方。宫本学长的箱笼里有堆积如山的小说，时至今日，我开始对此感到羡慕。而在当时，只觉得书很漂亮，但那样的小说没什么意思。我以前觉得立川文库的书更好些，但时过境迁，现在觉得立川文库尽是重复的东西，已经读腻了。我在二年级时，只是想如果把那些书都摆在书柜里码好，一定会相当好看吧。即使到了现在，我脑海里还留有关于那些书的甚是美丽的记忆。我一直记得宫本学长有本叫《死亡的胜利》的书，封面那朱红的颜色甚是好看，此刻觉得它仿佛就近在眼前。

今天约莫有六名大本教的信徒来听父亲的宣讲。我还是羞于见人，没有露面，躲在二楼写信……九月请务必赏光。别人的寝室长都来了，我们的寝室长是怎么回事呢？请您九月拨冗前来。

（摘自大正八年十一月五日清野的书信）

天气逐渐变冷了。宿舍里大家都吵着要赶紧用上火盆。我比他人更为羸弱，因此也是渴望火盆的众人中的一员。今夜大风又起，玻璃窗咔嗒咔嗒作响。这些风来自何处呢？是从东京来的吗？东京有我的前室长——宫本学长，还有您的同窗平田学长和大口学长。宫本学长是否也像我现在一样怕冷畏寒呢？说不定宫本学长就在火盆前，不，应该是在暖炉前，一如既往地沉湎于小说之中呢。明天有英语考试，但浮现在脑海的就只有这些事，根本无法学习，不由得悲伤涌上心头。也许是秋夜的缘故，真想放下书本，独自悲秋，披着外褂在校园里踱来踱去，但悲伤似乎没有尽头。大家都在用功读书。我也想和他们一样，毫无杂念地学习，我觉得我可不是什么伤春悲秋的秉性，但悲伤越积越深。我的内心因故乡与东京而乱成一团。更糟心的是，明明必须毕业，我却还是不想毕业，一心希望能一直留在宿舍，再待上两年，不愿接触粗野的世间。我希望如今自己还是二年级学生，仍有宫本学长那样的

少年

寝室长，我可以一心一意地读书。可是岁月不停流逝，身体也渐渐长大。周围的人都说希冀早点毕业，没有一个人会同情我。

此刻正是第三堂自修课时间。您应该还记得吧，晚上有三堂自修课……

但凡是宿舍，都是一样的。我经常这样说。只要一切井然有序，我便会感到无比的高兴。若是还发生如去年和前年那样的事，我就再也不想待在宿舍里了。

菊花在盛放，很多都是大朵大朵的，真是美丽的菊花。我搬了五盆到寝室来，总是兴致勃勃地为它们浇水。

十七

（摘自大正九年三月十五日清野的书信）

伏乞您原谅不幸的我。然而我决定接受宫本学长为我的朋友，我唯一的朋友。请永远做我的朋友，与我交往下去。我要与平田学长和其他各色人物统统一刀两断。但如果宫本学长也和平田学长有着同样的想法，那我该怎么办？我曾致函给平田学长，却没有收到一封回信。果然除了信任我的室长您以外，没有人愿意做我的朋友。请和不幸的我做永远的朋友，请当我的兄弟。至今遇到过的朋友当中，没有一个人亲切地疼爱过我，室长您是我唯一的依靠。呜呼，以后我的挚友便只有宫本学长一人。我相信您这唯一的朋友。世间都是虚情假意之辈，我已不抱希望。反正我有一位好友，而且我要把他看作是自己的拐杖和支柱，就这样活下去。请多加怜悯我的不幸为荷。

我顺利毕业了，但我的居所尚未确定，一旦确定后复致信通知。

这封书信没有标明清野的住址。我的地址是第一高等学校日式宿舍十号。

（摘自大正九年四月八日清野的书信）

……自三月八日离开宿舍后，每日闷闷不乐，但伴随着和煦的春风，对岸的樱花盛放，我的心情也焕然一新，心底的快乐宛如泉水般喷涌而出。瀑布声与风声，一切皆让我欢欣雀跃。这种欢乐远远地、远远地超越我至今为止体会过的欢乐。我以前享受的欢愉是冲洗照片或呆呆站在玻璃窗前向外眺望，如今我的兴趣已截然不同。只是憧憬瀑布声，仰慕着拂松而过的风，沉醉于神谕，这便是无上的快乐。而且我能如此蒙幸生于天地之间，岂能天天以厌世之态度日？吾之肉身既为父母、祖先恩赐，又怎能过着不开心的生活？我幡然醒悟！我幡然醒悟！一切都充满欢喜，一切都好似对我敞开双臂。呜呼，以前我与人相处，心中堆积各种愁闷，如今被壮丽的大自然拥抱，只想过出人生应有的样子，一生安身立命，此外并无其他宏愿。现在我没有贪欲，亦无烦忧。不论顺流或逆流，皆安之若素，顺其自然，除此以外别无他求。

猛兽横行的世间，一个人类也没有，遑论诚实之人的存在。物质文明越是发达，人心越与猛兽无异。我希望成为拥有诚实精神的优秀人才，并祈求能使世间众人免遭猛兽统治。我没有其他索求。

宫本学长，曾经厌世的我如今却为此事祈祷，请您为我欣慰开怀。

岚山的樱花已盛放，虽然离得很近，但我一次也没有去欣赏过。只是乘兴弄笛，一切付诸流水……

少年

《梦之歌》

昨夜幽梦梦几重，抛掷虚空于苍穹。

双手擎举日与月，暂且细看此宇宙。

世界千万轮流转，眼中唯见一地球。

东南西北放眼望，诸国分裂相煎急。

世事纷扰烽烟起，日本大喊可休矣。

弹指轻按各额头，五洲四海皆安靖。

世界和平尽掌控，弥勒神政万万岁。

信写得很长了，就此搁笔。若您有照片，敬请寄赠一枚。

该信上清野的住址为上嵯峨的神社。其后，是一封清野写于两年后的来信。

（摘自大正十一年十月二十四日清野的书信）

欣闻您起居适意，不胜欢喜。久疏问候，实在不知如何致歉。

退伍后我便住在了瀑布处，依然侍奉神明。神明之事，只有自己潜心领悟，别无他途。我也是经过很多努力，才有幸第一次领教到神明用心而深沉无尽的慈爱。若无神明，我便无法生存于世间。今天不知为何，官币大社的宫司先生来信催我过去，因此我打算去一趟。没有什么比对方派人来迎接更让人感激不尽的了。我想穷尽自己的天分，做一生侍奉神明之人。

我总在冥冥中深感到，神明降大任于自己的卑微之身。我料想我们早晚终会相见，届时彼此会变成什么模样呢？

如今您正在执笔写作吗？有没有大作刊登在杂志上？烦请将详情告知于我。闻悉小泉君要去东京，那真是好消息。两位聚首之时，我多么想一起去会面……非常遗憾，很长时间都不知道您的住址。

惟神灵幸倍坐世。[1]

这封信寄至本乡千驮木町的寄宿家庭寓所。

我于大正九年从高等学校毕业。清野的最后一封来

---

[1] 原文为"かんながらたまちはえませ"，大意为敬请神明保佑。

少年

信是在大正十一年,彼时我二十四岁,正在写《汤岛的回忆》。前年,亦即二十二岁的夏天,我去上嵯峨拜访清野。我于二十三岁的春天在同人杂志《新思潮》发表了作品,也是同一年,欲与十六岁少女成婚。

看来清野从中学毕业后,曾在军队服役一年。"我料想我们早晚终会相见,届时彼此会变成什么模样呢?"清野在最后一封来信中写道。然而我自从拜访嵯峨深山后,三十年来一直没有与清野再见过,感谢之心却永远存在。

此时《少年》已然成篇,我会将《汤岛的回忆》,还有旧日记与清野以前的来信悉数烧毁。